爱如葵花
向日倾

郁小词 著

人民日报出版社

爱 如 葵 花　　向 日 倾

目录

| 第一章 001 | 一个连自己喜欢谁都决定不了的男人，如果他知道宋书昀为了自己和母亲决裂甚至不惜在法庭上力争的话，心情会如何呢？ |

第一章　001　一个连自己喜欢谁都决定不了的男人，如果他知道宋书昀为了自己和母亲决裂甚至不惜在法庭上力争的话，心情会如何呢？

第二章　006　或许这就是所谓的缘分。秦岑阳一定没有想到，他会因此遇见与自己纠缠一生的命中天女。

第三章　010　在弱者面前，每个更坚强的人都会有一个温暖的怀抱和处理世事无常的清醒头脑。

第四章　014　安泠是他的前女友，也是他心上最痛的伤疤。

第五章　018　有时候，我喜欢看很久以前拍的旧电影和老电视剧，一个人睡不着时看着挺有感觉的。

第六章　022　"我们每个人都用单薄的身体，支撑着无可奈何的这个无情的世界漫长的将来。"离开时秦岑阳莫名感叹地说道。

第七章　026　南京这座城市纵然有许多现代建筑，但它骨子里还是充满了浪漫的古典气息，这与秦淮河有着不可分割的关系吧。

第八章　030　或许还能从这方面治愈她的抑郁症，而这些都必须耐心等待，时间是最摧残人心的东西。

第九章　034　陈天瑜忽然很想伸手捏捏他的脸颊。手刚伸出去却被秦岑阳顺势握住，一点点地摩挲着握住，最后十指紧扣。

CONTENTS

第十章 038		说话干脆利索绝不拖泥带水,这是陈天瑜的一向风格。
第十一章 043		从西餐厅离开的时候夜已经深了,两个人的影子被路灯拉得很长。
第十二章 047		这是女人的私心杂念,她不想公之于众。
第十三章 052		未知的经历,正在等着他们。
第十四章 058		对陈天瑜来说,一直以来她的世界都是自己一个人,闺密是父母外离她最近的人,却也不知道她的心里世界是什么模样。
第十五章 062		院子里又出来了好几个人,很快把他们二人围在中间。秦岑阳顿感不妙,拉起天瑜的手就要往巷子口处跑。
第十六章 066		关于姜海伦和宋书昀的故事至少也要追溯到一年前了。
第十七章 070		一个连自己喜欢谁都决定不了的男人,如果他知道宋书昀为了自己和母亲决裂甚至不惜在法庭上力争的话,心情会如何呢?

CONTENTS

第十八章 074	爱情如同一条河，穿过密闭的岩石。爱情如同一把刀，刺伤你的心。
第十九章 078	陈天昀的腹黑和毒舌在她们看来是个十分可爱的优点。当然，她也不是对谁都如此，但一旦出手必然大快人心。
第二十章 082	也许在爱情面前，所有人都变得不可思议。
第二十一章 085	宋书昀没有跟江云靖提过任何关于姜海伦的事情，她决定把这些都封在心底，从此永不见天日。
第二十二章 089	斯人若彩虹，遇上方知有。
第二十三章 093	倘若秦岑阳一直不表白，她也不会主动往前一步，那是她的自尊，她无法像其他的女生一样任性地表达出自己的感情。
第二十四章 097	陈天瑜虽然并未有什么恋爱的经验，但她的魅力就仿佛洒在窗帘上的红色晖光，尽情散落在秦岑阳的世界里。
第二十五章 101	本来两个人的周末一下子变成了四个人的周末，对方还是女朋友的父母，这让秦岑阳有点手忙脚乱。

目录

第二十六章	刘雅已经情绪失控，将陈天瑜使劲压在楼顶护栏上。	
105		
第二十七章	风一吹，街道上飘起了阵阵花香，仿佛之前的插曲从未发生。	
108		
第二十八章	姜海伦苦笑道："你毁了我整个人生，还要问我把你放在心里哪个位置，刘雅你不要太过分了。"	
112		
第二十九章	在面对现实生活时，每个人都要为自己的任何一个选择负责，没有人例外。	
116		
第三十章	灯光映着书昀，她蹙眉不展，神情异常忧郁。	
121		
第三十一章	从前不觉得，今日听到安姣然再次提到"安泠"两个字竟有些刺耳。	
124		
第三十二章	"今天这么沉默？"秦岑阳敏锐地感觉到了陈天瑜的变化。	
128		
第三十三章	关于学长的记忆其实并不多，只记得当时自己被他狂追是全校都知道的事情。	
132		
第三十四章	此时此刻在这样的场合遇见，过去种种很快在两个人的脑海转了一圈。	
136		

目录

第三十五章 140	站在车外,周围的草木有种陌生的香味。具体地讲,是有点不真实。
第三十六章 144	人真是一种自恋的动物,因为自恋,所以对于和自己类似的人总是容易产生好感。
第三十七章 148	此时此刻的缩影或许就是他们未来几十年的生活,往后都将只是今天的重复模式。她不知道这是否就是幸福。
第三十八章 153	有时候,人和人之间也没有太大的区别,每个人都会为了讨好想要亲近的人而使出浑身解数。
第三十九章 157	只有经历了真正的爱情,一个男孩子才会成长为顶天立地的男人。
第四十章 160	陈天瑜一边享受着幸福一边担心会有什么事发生,因为最近时常有个名字出现在她的脑海,那就是安泠。
第四十一章 163	总有人喜欢假装听不出别人的言外之意。
四十二章 167	那些都是过去的事情了,是发生在自己没有参与过的时光,吃这样的醋,那岂不是太傻了。
第四十三章 171	陈天瑜自始至终没有像其他女孩子一样对他产生怀疑,这让秦岑阳特别感动。

第四十四章 175	车窗外有淡黄色的日光射进来,又被分割成若干块,仔细看时有尘埃如雪。
第四十五章 179	她鼻子一酸,果然刚才没有看错,那个女孩拥抱的人是秦岑阳。
第四十六章 183	他明白她在等他给自己一个解释。
第四十七章 187	陈天瑜看到照片的一刹那心如刀绞,满心地失望,几乎动了立刻分手的念头。
第四十八章 193	等安姣然再反应过来时,只看到陈天瑜的衣角在眼前一晃,砰的一声就被车子撞倒在地上了。
第四十九章 202	秦岑阳又温柔地重复了一遍:"我们结婚吧,等明天我就去和叔叔阿姨说这件事,让他们把女儿嫁给我。"
第五十章 206	她想,我们需要的爱情就是,有一个人让你在寒冷的冬天也可以笑得春风得意。
后记 208	

第一章

对陈天瑜来说,这世上能让她感到烦恼的事情少之又少,来崇爱做心理治疗的人群,一半是青春期的孩子,一半是为情所困的男男女女。

"他们的烦恼简直堆积成沙了。"助理时常对她感叹道。

陈天瑜喜欢把长发绾起来,穿黑白两色的职业装,看起来干练而沉着。

倘若你9月去爬郊外的红叶峰,兴许就能碰到穿着休闲装散着青丝的陈天瑜,那时你会惊艳地发现,褪去精明干练的面庞后,她竟是十分温柔可爱。

应了闺密叶澜的死缠烂打,陈天瑜把诊所的事情向助理交代了一下,陪着她驱车去了张家界,准备征服最近很火爆的玻璃桥。

事情总是想得简单明了,等到了眼前才发现远不止想的那么容易,叶澜才一踏上玻璃桥便立时花容失色,半跪着扶着桥边,泪眼涟涟地看着陈天瑜不肯再往前一步。

陈天瑜也面色苍白,却还能镇定着不哭喊出来,半拖半拽地把叶澜也带着走过了桥去。

"陈天瑜,你这个疯子,快放开我。"

"啊……啊……陈天瑜你不要拖着我,我不想死呀!"

"呜呜……呜呜……陈天瑜你还是个女人吗?呜……我害怕啊……"

叶澜的嘴巴等下了桥才闭上,专心致志地哭了起来。

而从玻璃桥上刚走下来,还兀自头晕目眩的陈天瑜就接到了助理的电话,她双手略略发颤地拿着手机问道:"有什么事?"

"这几天我们诊所来了个姑娘,死活非要见你一面。我跟她讲了你不在,她就在办公室等着,这已经第三天了。所以,天瑜姐你什么时候回来呀?"

问到最后一句的时候助理已经有些期期艾艾的感觉。陈天瑜依旧闭着眼睛,听完她的话,只回了句:"明天就回去了。"

回到酒店两个人都是第一时间躺在床上,任由天花板张牙舞爪地来回旋转。等好一点了,叶澜才侧身望着旁边闭目养神的陈天瑜说道:"明天回去?"

"嗯,回去。"陈天瑜回答得干脆利落。

"好吧,我老爸也催着我回去了,可我真是不想回家呀……"叶澜话说了一半又不想说下去了,起身去洗澡了。

陈天瑜这时已经恢复过来,虽然身子骨还是有些轻飘飘的,但比下午好多了。

两个人都洗完澡,换了清爽的衣服坐在房间里休息。叶澜握着遥控器不停地换台,陈天瑜却打开电脑,不停地回复邮件,又刷了一遍当天的新闻,这才往椅背上靠了靠。

"宋书昀?"

陈天瑜想着刚才收到的邮件里的内容,暗自思忖半天,这是个比较自我又执拗的女生,初步做出这个判断后,她还是有些疑惑,按道理这种性格得抑郁症的概率并不大,为何宋书昀给她一种特别严重的感觉呢?

在她沉默不语的时候,叶澜在网上点的夜宵已经送来了,两份猪排饭和两杯豆浆。

陈天瑜先是皱了下眉,对她来说半夜吃排骨是很油腻的事情,就只喝了一杯豆浆。

叶澜打趣了一番就又把精力投在电影上,陈天瑜转身向她道:"你知道春森酒店吗?"

"跟我老爸去过几次,算是比较不错的酒店了。"

陈天瑜遂详细问了关于春森酒店和它的老板宋金春的事情。

根据叶澜的描述,那是一个精明能干又待人严苛的女人,因为早年丈夫的背叛,离婚后独自带着女儿生活。

"听说她女儿很乖巧特别畏惧她,我见过一次,名字很好听,叫宋书昀。可惜的是我觉得我们成不了朋友,看到那种柔弱的小姑娘我就避之不及。"

叶澜说着说着声音就渐渐变小,睡着了。

陈天瑜并无睡意,一边搜索春森酒店的相关资料,一边看宋书昀的邮件,邮件已经快十封了,写得很凌乱,但意思大致能看懂。

等回到南京已经是第二天的中午了,9月的南京还算是游玩的好去处,路旁高大的法国梧桐泛着金黄色的光晕。

崇爱心理诊所并不在繁华的街市,那七拐八拐的巷子里却依旧停着几辆车。

宋书昀长得很清秀,纯白色的衣衫,空洞的眼神,这是常人一见之下的第一印象。

然而她的声音不空洞,虽然是迷茫了点,但那清脆的质感就像裂开的玻璃，让人心如一击。

"我可以叫你姐姐吗？"宋书昀怯怯地看着她。

陈天瑜回到诊所，整个人就如同已经在转动的机器，全部精力都在工作上，即使看到对面坐了很久的少女，她的手依旧未停，只有眼睛时不时瞟过去。

"可以，你能这样叫，是我的荣幸。"

"谢谢你，天瑜姐。"宋书昀感激地说道。

她这样认真地亲近倒让陈天瑜略感不适，在她从业以来见过不少顾客与自己亲近，但这样稚嫩而真挚的竟是第一次遇见。

尽管宋书昀已经垂下了眼睑，但她动荡不安的心事还是从周身散发出来了，像春天刚破茧的幼蝶，那湿漉漉的翅膀还不能承载人世的污浊。

"我很爱我的妈妈，但我也很爱我的男朋友，我比较执拗，像被压下去的弹簧总会有克制不住的时候。然后我们就会吵架，她有时会打我，她越打我越跟她反着来，但我没有躲避过，任着她打，那时候我会恨她。事后她哭了向我道歉，我又会原谅她。"

她在说这话的时候伸出手下意识去摸自己的耳朵，这应该是她紧张时的习惯动作。而陈天瑜没有打断她的话，目光却停在她半截藕臂上，那有一处明显的烫痕。

宋书昀似乎感觉到她目光触及，忙缩回手臂，有些怯弱。

"这是小时候不听话被妈妈用烟烫的。"

陈天瑜一怔，这是什么样的母亲？

会客室的光线逐渐暗淡下来，两个人才惊觉天黑了。宋书昀忙起身说了抱歉之类的话，低头的样子可怜楚楚。

"没关系，我开车送你回去吧。"

"不用不用，我就住在附近。"

两个人一边下楼一边继续说话。宋书昀看着陈天瑜上了车才转身消失在雾气迷蒙的夜色里。

第二章

再次接到宋书昀的电话是在一个微雨溶溶的清晨,刚刚洗漱过的陈天瑜对着镜子一边涂口红一边听着电话那端的诉说,偶尔蹙眉尽量温和地提出意见。

鲜艳夺目的红色衬托着她白璧般的脸颊,黑云如瀑布的秀发垂在肩上。陈天瑜审视完妆容,确定没有瑕疵才站了起来,拎包下楼。

"我母亲现在就在楼下,她不肯走,门已经被我锁上了,现在怎么办?"宋书昀的声音有些颤抖,满是不想见到母亲的恐惧感。

尽管已经是初秋时分,南京的气候还是炎炎如夏,挂掉电话的陈天瑜皱眉间嫌弃地撩起刘海,觉得有些黏热。

出于职业道德她还是决定去宋书昀那边看看,倘若碰到宋金春,也可与之谈谈心,了解一下母女俩之间的问题到底有多严重。

秦淮河依旧吸引很多慕名而来的游人,他们看着那刻意堆出来的六朝旧迹认真观赏而不厌烦,或许来拍照寻找所谓的情怀更重要些。陈天瑜不是很喜欢秦淮河,甚至觉得河水已经死掉不泛涟漪,只有夜幕下的画舫才能证明它存在的意义。

就这样想着,车子已经拐出了夫子庙过了光华路,陈天瑜刚想加快车速却被突然闪出的人影吓了一跳，忙急刹车停住。

撞到人了？陈天瑜心下一惊，忙下车去看，一个三十几岁的妇人紧挨着车轮躺在地上痛苦呻吟，等看到有人下车，妇人一边哭泣一边挣扎着要起身，说道："大妹子，你怎么开车不看着人点呢？"

陈天瑜看她虽然不停地痛苦呻吟，却不敢直视自己，长期的心理咨询生涯让她发觉了妇人偶尔瞥过的眼神里闪烁了一下，即便只是一瞬也被立刻抓住了。

"碰瓷的？"陈天瑜心底了然，却还是动作温柔地扶住妇人关切问道："伤到哪里？你先别乱动，我这就给120打电话，马上送你去医院。"

妇人见状忙指着手臂说道："胳膊疼得厉害，应该是骨折了，看你也是要着急上班的，没什么大碍我自己去医院就行，你得先付我医药费，把你手机号留下来，等到了医院万一钱不够或者有其他问题，我再给你打电话，你看这样行不？"

陈天瑜自始至终审视着妇人，见她神色恳切又老实怯弱的模样，当真不像个骗人的，然而这样紧张和疼痛的情况下，她还能把事情如何处理说得明明白白滴水不露，显然不是第一次做这样的事儿了。

"大姐真是个体贴入微的人，那你说多少钱我给你，或者不打120我开车送你去医院吧，反正也要迟到了。"陈天瑜看似半是焦急半是感激不尽地说道。

"都不容易啊……骨折说严重也严重，姑娘你先给我5000块吧，等到了医院钱不够我再给你打电话。"妇人神情苦楚又善解人意地说道。

"阿姨好厉害，演技越来越逼真呀。"一句调侃打断了妇人和陈天瑜的动作。陈天瑜闻言下意识去看妇人，却见她神情惊慌了一下然后立即恢复如初，唯独闪烁的眼睛垂了下来。

陈天瑜心里认定十之八九是妇人碰瓷的，但因为要赶时间并不想纠缠，原本是打算给她钱的，现在被突然杀出来的男子打乱了思绪。

或许这就是所谓的缘分。秦岑阳暗自盯了妇人很久，就想等她再次作案时抓个正着。然而，他一定没有想到，他会因此遇见与自己纠缠一生的命中天女。

陈天瑜看看妇人又转身看看秦岑阳，转身上车，抛下话道："我还有事要赶时间，阿姨呀，这次算您出师不利了，我不会为难您的，钱也不会给您的，早些找个正经工作才是正事嘛，这样危险太大了，别哪天真出事了，后悔莫及。"

妇人推搡开秦岑阳忙过来扶着车门道："闺女啊，我是真被你撞伤了，多少你也得给我点医药费，权当可怜我，不然你开车离开也会不安生的。"

陈天瑜二话不说拿出1000块钱递给她，关上车窗就离去。

秦岑阳低声咒骂一句，对妇人摇了摇手上的摄像机道："阿姨，我这里录着你两次碰瓷的过程了，要是让我再碰见你，我就报警。"

妇人瞪了他一眼，又谄媚地跟他说了些话，但秦岑阳的目光一直追着要驾车离开的陈天瑜身上，心里直觉这是个有意思的女人。

古人有食指大动的典故，此时的秦岑阳确信自己心上痒了一下，便如突然跳动的食指，洞悉了身体微妙的变化。

"最后一次，我手里可是录下了你两次碰瓷的过程，再让我抓到，大姐，对不起了，你就得到里面过年了。"秦岑阳看着载着陈天瑜的车子已经驶远，转身对旁边的妇人说道。

"秦大记者，我怕你了，明天我就回老家去安心种地去，成吗？"妇人垂头丧气地说道，又有些侥幸没有真出事，其实自始至终她都是害怕的，如今是彻底死了心，只想着早点回老家去。

秦岑阳摆摆手让她走掉，自己拿着录像机回到车上，看到手机上有何主任的未接电话一个，他才蓦然想起今天还有一个重要的事情——采访春森大酒店的老板宋金春。为了响应市里即将举行的全市十佳企业管理人员的评选，他们需要提前做准备工作。

按下秦岑阳如何赶去春森酒店暂且不表，单说陈天瑜驱车刚到茶壶湾就又接到电话，她一边开车拐进小区一边淡然地对电话另一端说道："我已经到你的小区了，你不要紧张，5分钟后下楼给我开门吧。"

有一种女人会让与她相遇的人感到无形的压迫感，她们多半都有一个光洁的额头，洞察秋毫的眼睛和高挑的身材。当她看你时，那眼神便会从你身体的每一个部分穿过，无论你在做什么，就算她不是在看你，你也会感到好像空气中多了一道光线射向你的心底。

宋金春便是这样的女人，倘若庸俗一点来说，如一看到她，则不禁怀疑她是个独居的女人。因为她的脸上有一种不容人的气象，寻常家庭和睦的女人是不会有这样的气象。

等陈天瑜赶到宋书昀住处时看到的便是这样的场景，孤傲地坐着的宋金春，旁边站着她怯弱的女儿。

第三章

这是一所不大的公寓,适合一个人独居,而宋书昀自从跟母亲决裂以后就一直住在这里,她曾理直气壮地跟母亲说道:"这是我爸爸留给我的房子,跟你没有任何关系。"

然而当她不发怒时,面对母亲便会有天生的忌惮,她怕宋金春,不仅仅因为那是她母亲,更多的是她害怕宋金春周身散发的阴郁。

就如同此时此刻陈天瑜眼前见到的一般,整个客厅家具简单,半落的窗帘遮住了阳光。而另一边正在冲咖啡的单薄少女,瘦削的肩膀微微颤抖,透露出她的不安和逆反情绪。

陈天瑜并不感到紧张,反而饶有兴味地迎上宋金春投过来的目光,那是强者与强者的交集。

"摩卡?我以为像你这样的小女孩多半会喜欢卡布奇诺。"

宋书昀盯着接过咖啡的陈天瑜修长的手指发呆,没有注意听她的话,半晌道:"天瑜姐,你的手真漂亮。"

陈天瑜收回手不由得失笑,这个女生到底是单纯还是傻呢?

"喔,我小时候喜欢卡布奇诺,现在更喜欢摩卡了,因为我常常夜里睡不着,它的味道能给我一种安全感。"

"哼!"这是宋金春发出的声音。那不屑让宋书昀心里产生一阵抵触。

"还是这么没出息,我当你有本事搬到这里,至少够强大了,这样?也敢跟我说决裂?"宋金春低斥一声。

宋书昀脸上一阵白,下意识地看向陈天瑜。

"宋总这样子对待一个重度抑郁症患者,作为她的心理医生,我有责任对您提出控诉。"

陈天瑜的声音很温和,言语中却带着不容置疑的威严。

宋金春显然没有料到会有人这样说自己,她无论在公司还是家里都习惯了颐指气使,此刻面对陈天瑜的寸步不让万分不悦。

"这是我的家事,还不想让外人插手。"

"昨天晚上我们跟律师商议了起诉书,我想您回到办公室就能收到。鉴于您之前的行为举止十分恶劣,已经危及我病人的人身自由,我们已经向法院起诉了,希望能够通过法律途径,使书昀的人身自由不再受人禁锢。"

"你要起诉我?"宋金春没有再理会陈天瑜的话,侧身凉凉地看着自己的女儿书昀。

"我想和他在一起。我想可以像个正常的女孩子有自己的生活方式。"宋书昀虽然是垂着眼睑说这句话的,声音却未曾有半点停顿,那坚毅不容退缩。

"你就这样报答我养你这二十多年的心血?"

"如你所说,我已经二十多岁了,我应该有自己的自由了,这不是养育恩情可以绑架的。妈,我从小到大喜欢吃什么,穿什么,跟哪个小伙伴玩,你关心过吗?你一次又一次地干涉我,不允许我有半点隐私,不能违背你的意愿,你想过我的感受吗?"

宋书昀说到最后竟忍不住抽泣起来。一声声的哀诉在房间里不断回响，让陈天瑜这听惯了人间哀鸣的心理医生也动容起来。

宋金春霍地站起来往外走去，快到门口时才停下来道："你说我不顾及你的感受？那你跟那小子私奔时有没有顾及过我的感受和脸面？我养你这么大，供你读书，就是为了看你还没有毕业就跟男人私奔的吗？既然你要撕破脸起诉自己的母亲那你尽管去，今天你说的话我都记在心里了，等官司了结时也是你我母女俩恩断之时！"

宋书昀显然受不住这几句话的打击，开始颤抖起来，口里喃喃自语："不要吵，都不要吵，让我想一下，让我想一下，我的药呢？我的药呢？"

整个客厅因为宋金春的离去忽然变得空荡荡的，那种压抑感也慢慢淡了下来，而还在那里不停翻着抽屉的宋书昀越来越急躁，用手指揪着头发冥思苦想一阵，又用手拍打脑袋一阵。

陈天瑜看着心里觉得不是滋味，走过去抱住她，低声温柔道："没事了，别害怕。"

可能是错觉，在弱者面前，每个更坚强的人都会有一个温暖的怀抱和处理世事无常的清醒头脑。

陈天瑜不是天生的强者，第一次觉得自己是强者是高中时候。那是她被闺密叶澜抱着哭了一晚上，第二天她就把背叛了叶澜的男生怼了。自那以后两个人的友谊升华到了无坚可摧的地步，那是一种弱者对强者的依赖，毫无道理的信任。

走上心理医生这条路也是因了叶澜从高三开始的中度抑郁症，这便是女生之间的爱吧，超越爱情和亲情的存在。

宋书昀的卧室在二楼，吃了安定的药后她就沉沉睡下了。时光从不会因为你的心情不好而变得缓慢有趣。陈天瑜离开茶壶湾的时候已经是下午两点。秋末的南京多少还是燥热的。陈天瑜一边在心里盘算接下来的行程，一边想着宋家母女的问题，却只有一个念头，即使成不了拯救她的唯一稻草,也不要做压倒她的最后一根稻草。

"赠人玫瑰,手留余香"的事也不过为了一句"生而不易",陈天瑜也更明白,对宋书昀这样的女生来说,理解比施舍同情有意义。

晚上回到家中的陈天瑜先是懒洋洋地泡了个热水澡,再打开自己那台陈旧的留声机,《牡丹亭》立刻咿咿呀呀地:

> 原来姹紫嫣红开遍,似这般都付与断井颓垣,良辰美景奈何天,赏心乐事谁家院,朝飞暮卷,云霞翠轩,雨丝风片,烟波画船,锦屏人忒看的这韶光贱……

这是一个很古老的爱好,陈天瑜想不起来自己是从什么时候开始迷恋听昆曲的,也许是高中或者更早些时候。十七八岁的小姑娘因为喜欢的男生长得像张国荣就开始迷恋听戏曲,后来觉得京剧太庄重不适合她的年龄,某个下雨的黄昏被街边传来的咿呀声惊艳了。那是在江南的雨季才能感受到的惊艳。

后来当了心理医生的陈天瑜渐渐看淡了许多人情世故,有了她这个年纪不该有的练达通透和对芸芸众生的慈悲情怀。

叶澜曾经说过,倘若她还有一点年轻人的气息,那就是躺在家里沙发上听《牡丹亭》的时候,那种放下包袱闭着眼睛静静躺着的感觉,就像个十七八岁茫然无知的女生。其实她只是在休息,把白天里许多杂乱的事情都丢开,脑袋里存着的一点风花雪月,提醒着她还没有过好好恋爱的那份悸动。

第四章

秦岑阳是如何走到事件的中心来的,要从一个阳光明媚而无聊的下午开始讲起。

为了响应上面的决策,体现出本市生机勃勃的现代商业氛围和绵延不断的古典人文气息,报社做了两个专栏,一边介绍六朝繁荣和秦淮旧事,一边写一些今时今日的商业精英的访谈,通过对他们的跟踪采访,让读者明白商场如战场的残酷和机会只给努力的人的人生哲理。

至于读者究竟有没有增加知识和正能量,那就无法预料了。

秦岑阳就是在这样的背景下见到了本市大名鼎鼎的女企业家宋金春,他一边转着手上的录音笔,一边状似认真地聆听着她的成功的人生经历。

"我以后宁可单身也不会娶这样的女人。"这是后来在一起喝酒时,秦岑阳十分郑重地说给身旁陈天瑜的话。可见,那一次的采访给他对女人的认知增加了多少阴影。

宋金春确实有手段和头脑,只是那样的精明让人感到不寒而栗。秦岑阳想起10岁的时候读《红楼梦》,王熙凤张开鲜艳如血的红唇训斥丫鬟,但在人前笑得花枝招展,他感到厌烦得要命。

宋金春后来取得的事业成就,已然让她无须在意人们议论自己的情形。

专栏刊登宋金春的故事后,反响并不大,其实这是可以预料到的,都市生活的节奏都快,这样的励志经历远不及小明星们的私人生活照来得惹人注意。

"告诉你一个秘闻,或许可以写在专栏里。"同事小张是新来的实习生,端着咖啡站在秦岑阳面前,眼睛里有灼灼暖意,明眼人一看便知她有撩人意图。

秦岑阳道:"说说看,如果有意思我就一并写进去,等月底请你吃烤肉。"

小张的舅父在司法机关上班,在和小张父亲吃饭时讲起了本市名人宋金春被女儿起诉的蹊跷事来,当时她也在场,虽然装作玩手机一言未发,却竖着耳朵把事情缘由听了个仔细。

等小张讲述完毕,已经接近下班时间,秦岑阳冲她露出灿烂一笑道:"这真是个大新闻,我很感兴趣,谢谢你了。"

"宋书昀……"秦岑阳在心底念了下这个名字,就拎起自己的外套往外走,跟正在收拾东西准备下班的其他同事打了个招呼便走出了办公楼。

今天,南京的傍晚云霞烂漫让人感到心旷神怡,秦岑阳本不想早点回家,就一个人驱车沿着秦淮河走,快到夫子庙的时候找地方把车子停好,信步向桥上走去。画舫要到晚上才多起来,灯笼参差地挂着,河水不甚清澈倒也有些风韵。

河边的鸭血粉丝店从前去过几次,味道还算可以。秦岑阳一时兴起就走了进去,却被坐在门口桌子旁的女子吸引了眼光,你道那人是谁?原来正是前几天和他有过一面之缘的陈天瑜。

陈天瑜也是一个人来吃饭的,面前摆着鸭血粉丝,还有一笼小包子。

秦岑阳很想走过去坐在她的对面,这样就可以仔细端详她的面容,显然是怕唐突了佳人,最终秦岑阳在她背后的一张空桌子旁坐下,点了一份鸭血粉丝和一笼蟹黄蒸饺。

秦岑阳在身后看着她的背影窃喜了一阵:"此间种种,竟如波涛暗涌,竟是让人感到心虚的!"

陈天瑜对走进来的人并无察觉,身后有人对她做如何臆想更是无从得知了。

中途有来电铃声响起,陈天瑜接起后声音糯糯的带着些不经意间流露出的慵懒:"嗯?怎么突然想起打电话来了,德国这会儿不是应该还是半夜吗?"

电话另一端有女子清脆的声音,让人听不清楚说了什么却也猜得出是个俏皮可爱的模样。

"这样子呀,那你先把文件发给我,等我看过了再给你回复,不要熬夜了,我可不想你回国时多了双熊猫眼睛。"

那边应是娇嗔地答应着,陈天瑜挂了电话方继续吃饭。

秦岑阳的鸭血粉丝已经被服务生端了过来,看着格外诱人,隔了几分钟蟹黄饺子也上桌,于是他心情大悦。

"要不要打个招呼?"

"怎么打?"

"嗨,你好,我们之前见过一次,你差点被人碰瓷了的那天清晨,我就是突然出现的那个人,你还记得我吗?"

时间就像不远处那条暂时还保持宁静的秦淮河,不知不觉又平稳地流去了。

秦岑阳半晌才收回胡思乱想的心神,只暗道:"算了,还是不要贸然打招呼了,既然她未必认得出我来,我看看她的背影也何妨。"

陈天瑜很快起身离去，到吧台结账走人。她拉开门口那辆新款红粉佳人版甲壳虫的车门，随后驾车缓缓而去。这时秦岑阳才收回自己的目光。

秦岑阳此时已然吃饱，便也付过账走出这家店，外面的街道已经灯火阑珊，秦淮河的繁华也被推上了夜幕，这里似乎还是六朝古都的旧时光。

大概在读者看来，此种琐屑之事，原本可以一笔带过，或者其中细致情感描述亦可努力隐晦，使人觉得那些看似用心良苦，故作省略不谈的又有无限想象的地方。但恐读者以为"本故事纯属虚构"，便任意揣摩主角的心理路程，因此作为作者忍不住选择了亲口讲解仔细来听。言语烦琐处在所难免了。

秦岑阳从满天星斗里走进车中，才发动引擎就听到手机响起："喂？"

"岑阳。"

沉默，如山一般的沉默让秦岑阳仿佛变成了另外一个人，那个刚才还在春心萌动的少年竟突然一下子深沉起来。

"安泠，你……你找我有什么事情吗？"

"没事，就是刚才整理行李箱的时候看到你之前送我的诗集，就想起你来，当时突然出国也没有通知你，始终觉得亏欠于你，对不起，岑阳。"

"别，千万别这样，我过得很好，已经有喜欢的女生了，你在那边好好玩，不用再想起我来，彼此都会更开心吧。"

说完这些话，秦岑阳没有等安泠继续再说下去就挂掉了电话。

安泠是他的前女友，也是他心上最痛的伤疤，那个女人啊，唉，不说也罢。

第五章

事情的发展最终超出了陈天瑜的意料,她略感诧异后又觉得理解了。当她知道宋书昀起诉了母亲后就是这样的心情,当日自己一句为她打抱不平的话却被她付诸行动,可见宋书昀内心对母亲的不满已经达到了巅峰。

周三诊所的事情处理完毕,陈天瑜驱车去茶壶湾看望宋书昀,下车的时候颇觉风寒,有点"迥拂来鸿急,斜催别燕高。已寒休惨淡,更远尚呼号"的意境。

茶壶湾因为毗邻水地,空气湿润别有一番风味,尤其是像宋书昀住的别墅,周围多植蔷薇和梧桐,窗子上又有一层氤氲水汽,看得陈天瑜心旷神怡,竟消去了许多愁绪。想到这里她又替宋书昀感到宽慰,大约搬到这里以后她也会慢慢好起来的。

此时已近黄昏,宋书昀过来开门时却还穿着一件卡通图案的睡衣,有些惺忪困意的眼睛在看到陈天瑜以后露出一阵惊喜。

两个人一起在二楼阳台坐定,远处秋意渐深,但见叠云凝键,红叶相间,陈天瑜笑道:"你这里真是个好地方,令尊选房子的眼力真是非常人所及。"

"我爸爸自己设计的这套房子，那时便决定等我长大给我做陪嫁的。"

"原来如此，我记得上高中时就听过宋先生的事迹，他是个很厉害的长辈呀。"

"嗯，后来他虽然跟我妈妈离婚了，对我还是依旧很宠爱，直到我，大学后他才带着小阿姨去了美国，他走之前还承诺等我嫁人的时候他要回来挽着我的手臂送我走进教堂呢。"

陈天瑜知道宋书昀的父亲是个很有修养的艺术家，跟宋金春那样的性格强势的女人最终劳燕分飞也是意料之中的事情，但本不想多谈这些事情，怕引起宋书昀的伤心，然见她竟不甚在意父亲的出国，内心只一片崇爱，便觉得她的抑郁症也不是深至骨髓的。

宋书昀很会泡咖啡，味道浓郁，让人眼前一亮。两个人又聊了一会儿。见天色渐晚，陈天瑜欲起身告辞，却被主人盛情挽留一起吃晚饭。

"天瑜姐不要走，我今天买了些食材，自己也吃不了，而且很久没有人尝过我的手艺了，以前我最爱跟妈妈酒店的大厨学做饭了，你留下来尝尝嘛，包君满意。"说到最后露出小女生的撒娇模样，让陈天瑜不好意思推却，只好留了下来。

厨房装修得很是简约，足见主人公的审美不错，陈天瑜端了咖啡挨着门框看宋书昀在里面有条不紊地忙碌。

宋书昀换上普通的雪纺家居服，背影有点单薄。从她轻快的动作中可以看得出她是经常并擅长做饭的，这也透露了她今天的心情比较不错。

都是些时令蔬菜，又煲了排骨汤和米饭，都很对陈天瑜的胃口。陈天瑜看着宋书昀忙得差不多了，便过来一起收拾好桌子摆上饭菜。

"经常做饭吗？"

"是呀，小时候就喜欢这些，后来在酒店又学了许多，认识姜海伦以后他不会做饭，我们两个周末一起来这里吃饭，都是我做的，他可爱吃了。"

每次提到男朋友姜海伦，她脸上都会欢喜得眉眼笑开来。

陈天瑜便也有些好奇姜海伦到底是什么样的男子，让这个本来可以过得安逸富贵的大小姐甘心抛弃一切跟他走。

"海伦老家在兰州，我听他讲，那里的天可蓝了，羊肉比我们南京的好吃多了。"

"只是，我们都更爱吃鸭子一些。"陈天瑜打趣道。

早先就有南京人一年可吃一亿只鸭子的传闻，由此可见，斩鸭子已经是这里居民的日常食材。

这让陈天瑜想起在网上看到的一个段子，忍不住笑着讲给宋书昀听："兔不入蜀，犬不出关，皮皮虾翻车渤海湾。为羊惮蒙，为鸭忌宁，两岁的潮牛是一景。"

宋书昀听罢会心一笑："这个我也知道，哈哈。"

陈天瑜此时已经吃饱，放下筷子看着宋书昀吃。她吃东西极慢，十分斯文，可以想见她父亲很注重对她的教育。

后来又聊了一些关于官司的事情，中途陈天瑜接了个叶澜打来的电话，告知她德国的一些趣事，宋书昀安静地等她们聊完才继续说着自己的想法。

"你有多久没有走出这个房子了？"陈天瑜忍不住问道。

"除了见你一面那次，我几乎没有离开过，看到陌生人会紧张，说不出话来，干脆就不出门了。"

陈天瑜心想，这必定是被母亲派人抓她回来关禁闭时造成的心理障碍。

"没事，下次想出去的时候跟我说一下，我陪你去，最近我也没什么事的。"

这原本是一句寻常的话语,宋书昀却睁大眼睛看着她,半晌竟落下泪来:"天瑜姐,你对我太好了。"

陈天瑜哑然失笑,在她看来这真是不足为奇的。

"你太容易被感动了,你看我都有些不习惯了,下次不要这么客气。"

"好,我知道了,天瑜姐。"宋书昀揉了下眼睛笑着说道。

"你平时看电视剧吗?"

陈天瑜被她墙上宛如电影屏幕的电视机吸引了一下,用手指着向她询问。

"有时看,我喜欢看很久以前拍的旧电影和老电视剧,一个人睡不着时看着挺有感觉的。"

两个人又闲聊了一刻钟,陈天瑜起身告辞。宋书昀送到门口依依不舍道:"天瑜姐明天还过来吗?"

陈天瑜收住刚迈出去的右脚回身笑道:"倘若没什么工作需要处理我就过来。另外,我最近在都市报看到关于你母亲的一些故事,想来那记者意不在只采访你母亲的创业经历,官司的事也传了些风声在外面,那记者要是联系你,你不要害怕,跟他谈谈也没什么。"

陈天瑜此举一方面是担心报社那边会按照宋金春的意思乱写,过来采访书昀不至于让事实太扭曲,另一方面知她久不跟人来往,也想让她试着走出这所房子。

第六章

即使住在同一个城市,你想见的人也总是难得见到。

秦岑阳自那次夫子庙第二次邂逅陈天瑜后,她的样貌就如同一粒种子在他的心上生根发芽,终日因为未曾说上话而感到后悔莫及,快快地走在路上时也会四处张望,想象下一个路口就能和她偶遇。

真是印证了功夫不负有心人这句话,他们的第三次见面竟然来得如此之快,而且是在宋书昀的家里。

当时,一身休闲装的秦岑阳站在茶壶湾宋家别墅的门口,一架蔷薇开得如流霞灿烂,而他目光所及的地方却是花墙那边露出裙角的两个明媚女子。

"姐,外面有人?"宋书昀先发现了外面的人影晃动,不由得惊呼一声。

陈天瑜也发现了,用手拍了下宋书昀的胳膊示意她不必担心,隔着蔷薇花架问道:"您是?"

秦岑阳这才恍然应道:"都市报的专栏记者,就是最近在连载宋老板传奇的那个,听说这里住着她的女儿,有心想采访一下,不知道会不会唐突?"

陈天瑜一副了然的神态看向一边的宋书昀，低声道："前些天我还说有可能会扯上你，今天就找上门来了。"

"要让他进来吗？"

"进来吧，也不是什么大事。"

就这样，秦岑阳满怀忐忑地走进了这个隐蔽在繁华都市里的花园别墅，等离得近了些，便偷眼看陈天瑜。她穿着亚麻的复古长裙，秦岑阳不由得怦然心动。而宋书昀虽然也穿着长裙，却是普通的白色，加上她更娇小一些，更像自己小时候的邻家妹妹。

简单寒暄之后，秦岑阳递上了自己的名片，又顺势要了一张陈天瑜的名片，十分珍重地放到钱夹里，这番珍重的模样倒让陈天瑜多看了他几眼。

"虽然你说了母亲同意你写我们母女的事情，但我并不觉得这值得大费周折去描述，秦记者可以简单略过这些就好了，着力点还是在母亲的事业上吧。"宋书昀说话的样子很像未见生人的少女，纵然怯弱地看着秦岑阳，眼神却是坚定不移的。

秦岑阳的目的原也不是在八卦上，他更想去了解她身边的那个女子，遂表示同意，但还是提出开庭时会去旁听的想法。宋书昀本想拒绝，看到陈天瑜示意她不要摇头的眼神便选择了默许。

事情比想象的要简单顺利，这让秦岑阳感到心情大好，在他的潜意识里已经把宋书昀拒绝他视为一件理所当然的事情，就算她会答应也让他费尽心思才行。

秦岑阳看到陈天瑜暗里帮忙，又向她投去一记感激的目光。

等又问了几个问题后，宋书昀已表露出不愿多谈的态度。秦岑阳恐怕以后再来会被拒之门外忙收住话，找了个借口起身告辞。

"我也准备回去了。"陈天瑜忽然开口，并和秦岑阳一道告辞。宋书昀欲挽留她，又觉得只挽留她一个不妥，见她似乎是有事情去做，便送了二人到门口,挥手告别。

去停车场的路上,两个人又聊了一会儿。陈天瑜竟感觉与他十分投缘。陈天瑜忽然想起三岛由纪夫《春雪》里聪子写的情书:"如果我们生活在平安时代,你将会赠诗给我,我也将会赋诗回赠。我幼年就学会了和歌。可是在这种时候,我却没能写出任何一首和歌来充分表达我的心境。我感到震惊。也许是由于我缺乏才气的缘故吧。"

在她眼里,这个初次相识的男子就有一种诗人的气质,让人感到惬意。

"你做记者多久了呢?"

"一年半吧,大学时特别矫情,总觉得自己是个游吟诗人和苦旅作家,一到假期就跟同学一起四处浪,美其名曰寻找灵感。毕业后在一家外企工作了半年,感觉无法融入他们的圈子就辞职了,现在的工作算是大学里就写东西积攒下的前缘,倒也过得优哉游哉的。"

秦岑阳说话轻快幽默,眼睛里似乎有无限的温柔,让陈天瑜好感大增:"哈哈,豁达呀,我是学心理学的,毕业时在一家心理诊所当助理,后来老板去了加拿大就把诊所转让给我了,于今还能勉强支撑吧。"

两个人已然到了停车位,互相看了一眼,秦岑阳先提出了邀请:"快到晚饭时间了,不如一起吃个饭吧。"

陈天瑜欣然答应。

去的那家店名字叫秦朝瓦罐,是个十分精心营造的复古店面,明眼人一看便知这是把秦朝的模样微缩在一家百平方米的店铺里。

两个人点了瓦罐汤、蕨根粉还有剁椒鱼头,都是这里的招牌菜。

"怕辣吗?"秦岑阳问道,颇为体贴。

"还好,可以来点。"

秦岑阳又向服务生招手多要了一小碗辣椒油,看上去真是诱人。

"天瑜,我可以这样称呼你吗?"

陈天瑜对上他温柔的眼睛灿然一笑："当然可以。"

仿佛只要目光相碰两个人之间就会产生一种神奇的力量，足以对抗周围芜杂纷繁的环境干扰了。

秦岑阳讲起采访宋金春的经过来，说到犀利处竟然还调侃一两句，作为此时唯一听众的陈天瑜听得津津有味。

"有这样的母亲，那个宋小姐也是可怜了些。"秦岑阳说完这句总结式的话，服务生已经把菜全部上齐了。秦岑阳指着剁椒鱼头劝陈天瑜多吃一点。

"可怜吗？怎么会这么想？其实，她只是个抑郁症病患者，除了这个，她做的其他事都很让人赞赏。我从业以来见过很多人，或多或少的都是利己主义者，她是例外，单纯而不笨吧。"

陈天瑜很认真地向他解释，这让秦岑阳有些惭愧，忙点头称是，并转换话题。

接下来的谈话让秦岑阳颇有些感悟，都是些玄乎其玄的心理学知识，这是从前所不知道的。他觉得自己虽然读过很多书，却没有陈天瑜这样的通透，甚至让他不敢说些大话，怕被一眼看穿。

"我们每个人都用单薄的身体，支撑着无可奈何的这个无情的世界漫长的将来。"离开时秦岑阳莫名感叹地说道。

"还挺诗人的。"陈天瑜笑他。

"以前大学时候写了很多诗，还想着出版来着，如今这些心思都淡了。"

"是吗？改天给我看看你写的诗。"

秦岑阳抢着结了账，然后送陈天瑜上车，道别时他有些依依不舍，又管她要了微信号。

陈天瑜对他很有好感，遂加了他好友，转身上车离去。

第七章

宋书昀在床上躺了一个上午,已经有半个月联系不到姜海伦了,他回老家后开始还会给她打电话,现在竟然关机了。

"他是恨我丢下他跟母亲回家吗?"宋书昀有点懊悔,当初自己跟姜海伦私奔,一起去了他的老家兰州,倘若不是自己按捺不住刷卡买东西,母亲也不会第二天就赶到兰州把她抓回来了。

当时的场景现在想想还是让人感到如鲠在喉,不忍回忆。

又躺了一刻钟,实在无趣就穿上家居服坐到沙发上去,打开电视后,屏幕开始不停闪动,她手里握着遥控器换着台,终于在某卫视台停住。

正在播出的是一个相亲节目,美丽的女子身穿一身宝蓝色短裙站在台上,柔和的灯光,背景还在播放提前录制的短视频 台下坐满观众,有些如梦似幻。

视频里的女子坐在沙发上抱着可爱的玩具熊,说着爱喝咖啡却不爱加糖,因为觉得很土,语毕又做了一个掩饰的动作,称自己是个直来直去的爽妹子。宋书昀看到这里想起自己喝咖啡也不爱加糖,却从来不觉得加糖是件很土气的事情,她只是喜欢那种苦涩,像有心事在唇边荡漾开了却又不被旁人窥测。

纱帘翻动，窗子半开着有风吹进来，秋天的风已经开始凉了。

才一愣神，相亲故事的女主角就遇到了麻烦，因为谎报了年龄被主持人当场揭穿，她有些恼羞成怒地嚷道："对呀，我虽然是30岁，但我看起来还没有26岁呀，我说我30岁你信吗？连我自己都不信好吗。"

女子娇嗔中带着被揭穿的慌乱试图挽回颜面，台上的男士们立刻嘘声一片，最后一致认为她矫揉造作而又不真诚，都灭掉了自己的灯。

宋书昀看到这里觉得无聊遂换了个其他节目看，心里却在想这个女子纵然矫情，那些男士也没什么可值得一提的。她是在大学时候认识姜海伦的，他从不做出让女孩子感觉不悦的举动来，那样温柔敦厚。

自从母亲那天来过以后就停了她的信用卡，现在唯一的收入就是父亲之前偷偷寄给她的零用钱，父亲也支付抚养费，只是都被母亲掌管着。

"等官司了断了就去兰州找海伦，再找份工作，他要是不愿意来南京我就跟他留在兰州好了。"

这样想着，心里又一阵开心，许久没有做过这样的白日梦了，舍不得忘记就又想了一遍，等她终于从自己的思绪里走出来，手机上竟有两个未接来电，原来自己想得如此入迷，什么声音也没有听见。

电话是江云靖打过来的，这是她的代理律师。她本来想让陈天瑜给自己张罗这些事，但又觉得不妥，毕竟是很麻烦的，自己也不能事事依赖人家。

宋书昀欲回个电话，又不知道怎么询问，就又放下手机，等他再打过来时说吧。

电视机前的杯子下面,压着一张旧照片,被吹进来的风微微掀动,幽深一片。那是母亲年轻时的照片,依稀能辨出眉目和自己有些相似。

手机终于再次响起,是江云靖打来的。

"材料我已经都准备好了,宋小姐过来看一眼然后签字就行。"江云靖的声音很有磁性,带着一种磨砂的质感,使人容易记住。

"好,我这就过去。"

宋书昀换了衣服便准备出门,因为离得近,所以她步行过去。

南京这座城市纵然有许多现代建筑,但它骨子里还是充满了浪漫的古典气息,这与秦淮河有着不可分割的关系吧。虽然从出门的那一刻起,天上就一直在断断续续地飘着雨点,然而空气中却仿佛弥漫着胭脂水粉的香气。

靖远律师事务所就在前面,宋书昀进去的时候有三个工作人员在外面。因为已经来过两次,对她都不陌生,一人指着里面办公室方向说道:"江律师在里面等您,宋小姐直接过去吧。"宋书昀笑着谢过便朝里走去。

敲了一下门,里面有人应了一声"进来吧",宋书昀这才推门进去。乍看到江云靖的样子,总会被他那张极恬静的面容惊到,倘若不相识,只会暗忖着这个人必然极少与世人打交道,不然他的面容怎么会显得如此清淡?等他抬起头看向宋书昀,宋书昀心底莫名一跳,脸有些发烧,脸上带着一抹淡淡的红晕,如同清晨里带着清露香味的朝颜花。

"宋小姐先看看这份资料,我把开庭时需要提出申诉争取的条例都一一列了出来。"江云靖似乎没有发现她那一瞬间的走神,把面前的一份资料往宋书昀这边推了推。

"好。"宋书昀低头看了下,她对这些事其实并不是很在意,至于当初为什么提出诉讼,完全是因为母亲把她关起来,并且扣留了她所有的证件,如果母亲能答应给她自由,这件事便可以就此结束。

律师已经跟宋金春那边联系过了，她的态度依旧很强硬，说既然已经通过法律途径了，就法庭上见吧，私下不肯再多说什么了。

宋书昀最后一次跟母亲通电话时，母亲情绪很差，只是愤恨地说道："白眼狼啊白眼狼，只要你一天还是我女儿，我就绝不会让你跟那个乡下小子结婚的。就为这个你也要跟我上法庭解决，叫我在舆论面前难堪，我绝不能容忍你这么胡来！"

"宋小姐，有一点可能对你不利。"江云靖坦然说道。

"什么事？你说吧。"宋书昀有点意外。

"你母亲可能会向法庭提出你有精神方面疾病的证据，说明你的行为是不被意识控制的，这样她仍然是你的监护人，你的行动今后也需她的同意。"

江云靖说话时声音不带太多感情，等望向她颓败的面容心底才升起一丝怜惜。

"可我并没有病呀。"宋书昀道。

"宋小姐现在在看心理医生是吗？她应该会从这里下手，甚至会找熟人去医院开些证明，来当作你曾经也有过精神分裂之类的证据。当然这些还只是我的猜测，具体的情况要等开庭才知道。"江云靖实言相告。

宋书昀越想越冷，手心里沁出些汗来，又觉得有些荒唐。

"其实，也不用太过在意，我会尽力帮你的，宋小姐心里明白事情的经过就好。"江云靖虽然说得郑重，倒还是自信的，这件事情对他来说并没有太大的阻力。

宋书昀变得沉默不语，在对面坐了好一会儿才起身告辞。江云靖陪着她一起出去。此时黄昏正好，金色的光线洒在两个人身上，远远望去就像一幅油彩壁画。

第八章

开庭那天除了宋书昀和江云靖出庭以外,陈天瑜和秦岑阳也不约而同地到了,只不过他们是坐在旁听席上的。

秦岑阳的脑袋里好像装了一支录音笔,能把听到的内容一字不差地复述下来。这个厉害的本领是读初中时练成的,他不听话的时候,语文老师总是用背书的方式惩罚他。

宋金春看起来像是一下子老了十几岁,毕竟对她来说,被自己的女儿起诉是件十分丢脸的事情。

宋书昀垂着头看不到表情,但陈天瑜明白,她一定是很难过的。那女生的心是很敏感的,面对这样的场景她心里是怎么想的真是不想而知。

秦岑阳认出江云靖的时候,不由得感叹这个世界竟那么小,在这里也可以遇到初中时候的同学,难怪初见时觉得眼熟,等开庭后听到他的名字才敢确认江云靖是旧相识。

秦岑阳侧身看向旁边的陈天瑜,他忍不住低声对她道:"宋小姐的律师是我初中同学,这人自小机警灵敏,做律师倒适合他。"

陈天瑜用手肘轻碰了他一下,示意他不要说话,第一次肌肤的轻微接触让秦岑阳吓了一跳。仿佛被烫了一下,其实那是他自己先热起来的,陈天瑜穿着套裙手臂是微凉的。

接下来法庭上发生的事秦岑阳竟一个字也听不进去了,那低垂的眸子全是欣喜。一个小时的胡思乱想,倒是把和她的未来全部安排好了,倘若不是陈天瑜再次推了他一下,他已经在考虑将来两个人生的宝宝叫什么名字了。

"咳咳……"秦岑阳意识到自己盯着陈天瑜的脸太久了,忙掩饰着咳嗽了两声,却涨红了一张脸。

陈天瑜在心里冲他翻了一千次白眼,但还是云淡风轻地假装没看到他的囧态道:"已经结束了,估计还要进行几次调停,没什么大问题了,我们去后面看看书昀吧。"

秦岑阳答应一声,便站起来和陈天瑜向里面走去,在走廊上被工作人员制止了,让他们在这边等着就行。

陈天瑜扯了下秦岑阳衣袖,两个人在一边的长椅上坐下。

最先出来的是宋金春,她站在走廊里看到秦岑阳时顿了一下,又了然了一般头也不回地走出去,就像秋末的西风带走了每个人身上的温度。

而宋书昀出来时眼睛湿漉漉的,额前的头发有些零乱,那年轻精致的面孔比以前又多了几分楚楚动人。因为刚刚经历了痛苦挣扎和母亲的轻蔑,她哀伤得几乎站不稳,看起来十分颓丧。

陈天瑜迎了过去道:"怎么哭了?事情进行得怎么样了?"

"天瑜姐。"她哭道,"我真不想活了。"

陈天瑜虽然料想到会是这样的结果,还是不忍看她伤心欲绝的样子。

"我们先回去再说啊。"陈天瑜握着她的手臂安抚道。

这次初审法庭方面还是本着调停的态度没有宣判,让双方私下再沟通几次，倘若实在不行再次开庭审理。其中一位女审判长暗示宋书昀不要用这种态度对待自己的母亲：你要追求自由，也要顾及孝为先的传统美德。

宋书昀的代理律师江云靖则出言不逊地指出作为审判长的态度要严肃尊重法律，又争辩道："我当事人既然已经是成年人，却还是一而再被其母亲禁锢在家中，这就是违法的，还请审判长看清楚事实再说。"

庭审在宋金春气急败坏的一番斥责下结束了。审判长和几位法庭的工作人员都觉得有些棘手，不想事情继续扩大影响力，还是觉得庭外调解更好些。

如果说宋书昀受母亲的控制已经到了无法忍受的地步，那么这次庭审就是压垮她意志的最后一根稻草。陈天瑜决定先帮她解决精神上自我束缚的问题，等官司结束后，再谈谈她从来不说的感情问题。

或许还能从这方面治愈她的抑郁症，而这些都必须耐心等待，时间是最摧残人心的东西。

一行人离开法院以后直接回了茶壶湾宋家别墅，一路无话。到了家里宋书昀的情绪已经好了很多，也许是经年累月的克制让她不善于把情绪流露太多。等她目光从江云靖和陈天瑜脸上滑过落到秦岑阳脸上时有些诧异，她竟想不起来这人是怎么跟着来的。

"大家都是朋友嘛，别这样看我。"秦岑阳也察觉到宋书昀眼睛里的诧异和提防。毕竟在这里的几个人里，一个是她的律师，一个是她的心理医生，只有秦岑阳谈不上是自己人。

"你是？"

"上次我们见过，我是报社的专栏记者，采访过你母亲和你。"秦岑阳解释道。"江律师是我初中同学，人品保障卡。"

"原来你们都是认识的呀。"宋书昀这才恍然大悟。

"是的。"江云靖话极少，此时看她困惑便接口说道。

江云靖同秦岑阳一样，都是这个城市的本地人，一起读了三年的初中，那时候他的理想就是当律师。秦岑阳不喜欢受约束，常常喊中规中矩认真学习的江云靖同学为"夫子"。

大学毕业后，江云靖就在一家比较出名的律师事务所实习，又顺利考取了律师职业证书，第二年已经成为一位能独当一面的律师了。

宋书昀虽然对陌生人很戒备，但看着陈天瑜与秦岑阳说话很熟悉，也就放下了心来。

第九章

晚饭前,宋书昀在大家面前表现得十分平淡。作为她的代理律师,江云靖没有过多地干预其他事情,主要关心的是接下来的庭外调解。在他们两个讨论期间,陈天瑜陪着秦岑阳先行离开了,所以对二人的谈话内容是一无所知的。

江云靖的家就在茶壶湾附近的居民区,离宋家别墅很近,以至于后来的时间里宋书昀有什么事都会第一个求助他,这在他而言竟生出些英雄爱美的怜惜来了。

遇到麻烦的人却是秦岑阳,自从他在专栏连载关于宋金春的采访后,受到了很多人的关注,而他似乎还没有危机感,依旧每天一篇地写着。

直到9月底的一天晚上接到了主任的电话:"小秦啊,那个专栏你先停了吧,从明天开始不用继续发表了。报社现在有更重要的事情要你来完成。"

秦岑阳听他闪烁其词便猜到了八九分,想来是宋金春读了这两天的连载,对报社方面施加压力了。

不写就不写。

秦岑阳有点生气，主任考虑的固然是金春大酒店给出的广告费用，报纸本来的宗旨也是不容忽略的。

第二天清晨上班不久，秦岑阳就接到了新的任务，撰写一个为了响应上头关于诗词文化复兴设立的新专栏。

写了几篇之后忽然就释怀了，原本就是秦岑阳擅长的领域，几年来因为无人问津他竟差点忘了大学时自己也曾是诗社社长，而今机缘巧合重新写这方面的文章却被之前的事情影响，应该是窃喜才对。

先锋书店。

南京最大的也是最出名的书店。五台山店为总店，地下车库改造而成的店铺风格独特。

秦岑阳这次去先锋书店却不是为了看书，而是为了一睹诗人北岛的风采。

意外的惊喜就是在那里居然遇见了陈天瑜，原来她也喜欢这些，两个人眼神相遇后莞尔一笑。这时，身着白色西装的北岛已经入场了，周围传来阵阵低呼"帅炸了"。这是南师大的几个姑娘，看到偶像后情绪激动不已。陈天瑜倒是淡定，没什么太大的反应，让秦岑阳不由得更喜欢了。

北岛做了个简短的开场白，便朗诵了自己的作品《路歌》，那首诗也是秦岑阳很喜欢的。在讲到朦胧诗的时候，北岛笑着道："朦胧诗在当年正是以先锋之名崛起的。"

台上北岛讲得很棒。这是秦岑阳第二次见他，然而他还是不知道有这样的一个年轻人。

"很喜欢他吧？"陈天瑜不知道什么时候站在他身后低声问道。

"少年时的偶像。"秦岑阳有些不好意思地回答，像个未出校门的孩子那样羞涩。

陈天瑜忽然很想伸手捏捏他的脸颊。手刚伸出去却被秦岑阳顺势握住，一点点地摩挲着握住，最后十指紧扣。

在人群里这样细微的动作是很难被人察觉的，陈天瑜脸上有些发烫，手指仿佛燃烧的火炬让整个身体也滚烫起来。

等排队拿到签名的书时已经是下午了，秦岑阳心情大好，非要拉上陈天瑜去喝酒。

陈天瑜酒量不差，但她很少在外面喝酒，更不会和男孩子一起喝酒，她喜欢一个人在家里拉上窗帘自斟自饮。如果跟男生一起喝酒便会生出许多麻烦，通常她把这些麻烦归成两大类：一种是有颜色的；一种是无情绪的。

然而今天她看着笑得一派风轻云淡的秦岑阳竟动了喝酒的心思，只不作声任由秦岑阳扯着她的胳膊一起往外走去。

"我有一个开烤肉店的朋友，他烤的羊肉简直一绝，还有自己家做的斩鸭子，你去吃一次保证会喜欢上的。"

秦岑阳不遗余力地介绍着，他是打车过来的，顺理成章地坐在了陈天瑜那辆甲壳虫的副驾驶座上。

"你请客？"陈天瑜故意眯眼看了看他。

"这还用问？能请您这么漂亮的小姐姐吃饭，鄙人三生有幸。"秦岑阳夸张的演技和灵动的眼睛让陈天瑜笑得像天上的云彩飘在半空。

在夕阳余晖照射下的南京城外，天空和秦淮河连成一片，蔚蓝色铺满整个人的视线，私房菜馆就在离秦淮河不远的地方。

细细的风吹在绿色的植物上，有藤蔓还有不知名的花大片大片开着，烤肉的香味弥散在空气中，远处偶尔传来汽车鸣笛声。

陈天瑜柔细的手指着周围的环境对秦岑阳赞叹道："真是个好地方呀。"

"就知道你会喜欢的。"

两个人跟迎出来的老板打了招呼就挑了一张靠着院墙花架的圆

桌坐下。

"喜欢吃什么？"秦岑阳拿了菜单递给陈天瑜。

这里的服务生似乎很随意，拿了一个小本子放在二人面前，让他们把想吃的东西写在上面，然后转身离开了，剩二人对着菜单开始挑选。

没想到二人口味竟十分相似，秦岑阳喜出望外，把陈天瑜说的几个菜名一一写在本子上。等点完了才招呼服务生过来取走。

"要喝酒吗？"陈天瑜问道。

"扎啤来两杯。"

"我已经很久没有这么随意地和朋友出来吃东西了呢。"陈天瑜一边用纸巾擦手一边用明亮的大眼睛盯着秦岑阳。

"那我岂不是有机会把我知道的好玩有趣又有美食的地方都分享一下了？"秦岑阳看着她的笑容心脏怦怦直跳。

"好呀，那我以后就跟定你了。"

就在秦岑阳志得意满以为快要抱得美人归时，一个突兀的声音响起："哥哥，原来你还记得这里呀？"

这是少女的声音，清脆动人又带着些娇嗔可爱。

秦岑阳脸色蓦地变了，不用侧身去看就知道是谁了。

那女孩子倒也不客气，过来就挨着秦岑阳坐下，手里端着服务生刚端过来的肉串。陈天瑜不动声色地看着这不请自来的人，她穿着纯白的连衣裙，紫色绣花镶在裙摆上，耳朵上带着一对黑色镶钻的复古耳环，浅蓝色的指甲盖闪闪发亮，她刚一坐下空气中就弥漫着不知名香水的袅袅清香。

第十章

秦岑阳抬头看见陈天瑜嘴角挂着一丝意味莫名的笑容,忙解释道:"这是我表妹,亲表妹,叫安姣然。"

安姣然微微侧头,仿佛刚看到陈天瑜的样子,又回首向秦岑阳身上蹭蹭,用可以让周围人听到的声音亲昵地说道:"哥哥,又换女伴了呀?"

秦岑阳皱眉,推了推她道:"别闹了,每次见面都故意黑我,你就见不得我开心,虽然小时候我是欺负过你,你也不至于见面就损我吧。"

"哥哥也不给我介绍这位小姐姐吗?"安姣然笑嘻嘻地看向对面一直保持安静的陈天瑜。

"你好,我叫陈天瑜。"

说话干脆利索绝不拖泥带水,这是陈天瑜的一向风格。

"天瑜姐好,刚才进来看到哥哥在这里就贸然跑过来打扰,你不会介意吧?"

"怎么会?并不介意。"

两个人如推太极一般清醒而刻意地过招。

秦岑阳看着她们既有点头疼，又觉得女生间的较量很有意思。

一阵手机铃声响起，安姣然低头看了眼才恋恋不舍地离开秦岑阳他们的桌子，走向里间的一个包厢。

"我表妹有点调皮，你不要跟她计较。"秦岑阳看她走远忙向陈天瑜解释道。

透过半敞的房门，陈天瑜看向正在里面包厢说话的一群人道："怎么会，我没有那么小气的。"

两个人将话题扯向别处，仿佛都未将刚才的小插曲放在心上。尤其是陈天瑜，她本就是理性至极的女孩子。

夜幕降临，秦淮河上笼着一层淡淡的薄纱，犹如款款走来的古典美人。

烤肉店的客人越来越多了，两个人也吃得意兴阑珊，秦岑阳打过招呼付了钱，很自然地牵着陈天瑜的手往外走。

包厢里一直盯着这边看的安姣然面色不悦，她把手上的纸巾揉得乱七八糟，突然对同来的几个人嚷道："谁让你们来这里吃烤肉的呀？本来好好的心情都被破坏了。"

"哎呀，大小姐这话说得可就奇怪了，来这里可是您的主意，碰到不开心的事也不能怪到我们大家身上不是？"

说话的是个二十多岁的年轻人，一口京腔。

"向东，你少来，姐姐心情不好，不要跟我唱反调，不然怼到你脚软。"安姣然越发生气，说出来的话几乎是不讲道理了。

那个叫向东的少年看她真生气，上前搂住她的肩膀道："行行行，小姑奶奶，是我错了不该火上浇油，现在请您赏光给我一个孝敬您的机会，KTV去不？一曲愁肠消，包夜我来。"

众人起哄。安姣然也觉得自己刚才说话过分了，就势下了台阶，对向东娇嗔道："你说的，一会儿就去。"

秦岑阳喝了些扎啤，陈天瑜因为还要开车没有喝酒。他道："没有喝酒实是憾事，我那里有好酒你要不要尝尝？"

"喝了酒那我怎么开车回家？"

"那就收留你一晚上。"

陈天瑜没有说话，专心开车，车里只有导航仪的声音机械地提示"前方有红灯，请减速慢行"。

秦岑阳看着她的侧脸有点出神。

"你家到了。"

陈天瑜手搭在方向盘上没有下车的意思，只笑着提醒他该下车了。

秦岑阳立即下车，再次问道："不上去喝一杯吗？"

陈天瑜看他有点微醺，伸手在他靠过来的脸上捏了一下道："不去了，我对喝酒的兴趣不大。"

"你是不敢去吗？"

陈天瑜闻言不由得笑了起来："是，我不敢，你还是赶紧上楼吧。"

"真的是好酒，你不尝尝可惜了。"秦岑阳惋惜道。

"下次吧，今天还要开车回去。"陈天瑜又跟他道了句晚安，才启动车子开始掉头离去。

回去的路上，陈天瑜摇下车窗，整个南京市的风景从眼前轻轻掠过，吹在脸上的风是湿热的，秋末的南京城依旧是热的，也是热闹的。

"到家了吗？"

刚到家就接到秦岑阳打来的电话，这让陈天瑜有些意外。

"到了，你呢？在喝你那瓶好酒吗？"陈天瑜打趣道。

"不喝，留着以后和你一起喝。"秦岑阳说话时的语气总是十分认真里带着一分天真烂漫。

"好啊,那我们下次喝了它。"陈天瑜脱了高跟鞋放在门口的鞋柜上,回应秦岑阳的提议时声音很清脆悦耳。

挂掉电话后,陈天瑜觉得迎面而来的是一室宁静,淡黄色的灯晕透过落地玻璃窗洒在地板上,光着脚踩在柔软的地毯上,无声地坐在那里。

秦岑阳本来还有很多话要说,门铃突然响了,他不得不挂掉电话,满怀遗憾地去开门。安姣然站在门外,看到是她来了,秦岑阳先是一愣,随即又转回头望向门外道:"你自己过来的?"

"不然呢?还以为是小时候带泠泠姐过来的场景吗?"安姣然似笑非笑地看着他。

秦岑阳垮着一张脸看她:"找我什么事吗?"

"来看哥哥不行呀?"说完,安姣然就要往屋子里进。秦岑阳想伸手拦住她却忍住了。

"下个月八号是我20岁生日,哥哥带女朋友过来一起玩呀。"

"别乱说,她现在还不是我女朋友。"

"啧,听你这意思,也快是了嘛。"

"姣然,安泠出国两年了,你也替她看着我两年了。以前我忘不了她都由着你胡闹,现在我想开始自己的新生活,我不希望你再掺和我的事情了。我今天认真跟你把话说清楚,安泠离我而去,我便有权利重新追求其他女孩子,如今既然我也有了目标,你若是捣乱别怪我不把你当妹妹。"秦岑阳说得极是严肃,以表明这次自己对待陈天瑜有多认真。

安姣然瞪大眼睛看着他,委屈地说道:"你居然为了一个刚认识的女人凶我,你还是我哥哥吗?"

秦岑阳看着堂而皇之坐在自己沙发上一本正经地指责自己无情

的人有些头疼,半晌才叹息道:"你已经长大了,不要再像小孩子一样胡闹了,快点回家吧,不然姑姑要担心了。还有,我的事跟你没有关系,以后不要总跟着我。"

"好好好,我这就走,不碍你眼了,你这样无情的哥哥我还不稀罕呢。"安姣然摔门而去。

夜晚又安静了下来。

第十一章

从某种意义上讲,宋书昀在与母亲的战争中已经取得了胜利,从她决定争取自由时,她的母亲就注定要输得一塌糊涂。宋金春在事业上的成就超过了她丈夫和同辈许多人,成为南京商场上的佼佼者,受到很多人的钦佩。然而年近不惑的宋金春看着女儿最终选择了和自己决裂,便觉得一片黯然。

那次庭审之后,宋书昀已经很少再去崇爱心理诊所,她常一个人在家看书,偶尔去市场买菜,做得多了就邀请江云靖过来一起吃。

江云靖开始是推辞的,后来见她只是怕浪费了,又实在喜欢做菜,才坦然接受了邀请,觉得好吃的也会认真称赞。听到江云靖的称赞时,宋书昀就会开心得露出如同孩子般单纯的笑容。

陈天瑜开始忙碌于师大的心理课题讲座,她很年轻,却是沉稳的,化了淡妆,学生的提问都能从容应对。这是第二次过来了,有的学生是记得她的。

讲座结束时已经傍晚时分,校园的小径两旁的红枫和黄昏余霞相互映照,美得像童话。

"是陈小姐吗?"

迎面走过来的女孩子有些眼熟，陈天瑜略一回忆，便想起了这是前几天在烤肉店见过的安姣然。

"你好，我是陈天瑜。"她答道。

"今天的讲座我去了，姐姐很厉害。"安姣然对陈天瑜的称呼已经亲近了一步，脸上露出灿烂的笑容。

"找我有什么事吗？"陈天瑜不善于周旋，也不觉得她是不小心碰见自己的，遂单刀直入问道。

安姣然面色一僵随即恢复天真无邪，看似无意地抬头看向陈天瑜，目光却已落在她身后长长的影子上。红白相间的小路上，是两个人交叠的影子。

"下周一是我 20 岁生日，家里给我办舞会，哥哥也去，我想邀请姐姐也一起去好不好？"

"嗯？这个我要看看工作安排，倘若有时间我会去的。"陈天瑜没有立刻答应，她并不想跟这个小姑娘走得太亲近，直觉告诉她这个女孩子会套路自己。

"到时候我让哥哥去接你。"安姣然仿佛没有听出陈天瑜话语里的拒绝，下决定似的说道。还未等陈天瑜再说话，她就一派天真地招呼一起同来的朋友嬉闹着告别离去。

陈天瑜望着她远去的背影有点哭笑不得，那小姑娘纵然掩饰得不错，口口声声我哥哥如何，却又将陈天瑜与秦岑阳的关系隔得分明，意图如此明显，像是怕哥哥被抢走似的。

"这醋吃得真是莫名其妙。"陈天瑜也很无奈，驱车刚离开就收到秦岑阳的信息问她讲座结束没。

陈天瑜没有回复，把手机放在一边专心开车，等她刚到自家停车位时手机铃声便响起，是秦岑阳。

"喂，到家了吧？"

"是呀，刚到，有事吗？"

"我在你家楼下的那家西餐厅，过来一起吃饭呀，我请客，顺便有事情跟你商量呢。"

陈天瑜微觉诧异，心道他能有什么事情呢？

那家西餐厅就在停车场附近，规模不大，但很干净舒服。秦岑阳看到她进来立刻向她招手示意。

"今天感觉如何？"秦岑阳熟络地询问。

"已经习惯了，而且师大又是常去的，所以嘛，还不错的体验。"陈天瑜用一个带着珠花的头绳扎住头发。

培根金针卷的味道很不错，秦岑阳是第一次来，有些孩子气地惊叹道："没想到南京也有这么地道的西餐厅，尤其是在这样不起眼的地方，真不错。"

"这是一对英国留学回来的夫妇开的，周末过来的话，他们会在店里，平时很少过来。"陈天瑜介绍道。

"尝尝这个，西冷牛排配红酒少司。"陈天瑜显然对这里很熟悉。

两个人边吃边进入谈话正题，秦岑阳之前的专栏被叫停，闲下来后他计划写一些关于南京的游记。就在前天出去拍照时，他遇到了一个跳湖自杀的高中女生，等救上来才知道她是因为学习压力太大得了抑郁症，送到医院联系上女生的父母交代完事情秦岑阳就离开了。

由于最近并没什么事情可做，第二天秦岑阳又去医院探望了跳湖的女生，简单慰问过后便被女生的父亲叫到病房外面谈心。

这一聊才发现摊上麻烦事了，女生叫许艳，是高二年级的学生，面临即将读高三的压力，紧张的心理变得极为脆弱，谁知又被喜欢的男孩子埋怨学习不够努力，将来两个人不可能考到同一个学校读书。在这双重打击下，才做了傻事。

"你的意思是让我开导她？"秦岑阳哭笑不得地看着许艳的父

亲,自从他把自己的身份告知对方后,对方就对他产生了莫名其妙的信任,好像记者这个职业很让人有安全感似的。

"秦记者呀,我知道你可能觉得我过分,我也没有办法,你看这孩子进了医院后除了跟你说话,我们的话她都不听,也不理我们。"

秦岑阳这才注意到,许艳的眼睛确实只有看到自己时才会动一下,大部分时间眼神都是呆滞的。他是个热心肠的人,竟不知如何婉拒眼前憔悴的许父,犹豫半响道:"我试试,等她好了再说吧。"

虽然答应了许父,但秦岑阳在开导人这方面并不擅长,这才想到来陈天瑜这里取经。其实他心里也很窃喜,因为找到了一个可以继续接近她的机会。

讲完这些的时候,陈天瑜取了咖啡拉他在一边坐下,淡然笑道:"明天我跟你一起去医院看看。"

"那我先在此谢过了。"秦岑阳作势作了一个揖,逗得陈天瑜抿嘴一笑,那模样温柔又妩媚,竟让他看痴了。

陈天瑜抬起头望向他,心里某根弦就像被触动了一下,余音袅袅。

从西餐厅离开的时候夜已经深了,两个人的影子被路灯拉得很长。

"我送你到楼下吧。"

"好呀。"

第十二章

那天晚上,秦岑阳送陈天瑜到楼下,忽然觉得这样一直到老也是蛮不错的。就在陈天瑜要转身的时候,他终于忍不住道:"我想今后的每一天都牵着你的手带你回家。"

陈天瑜脚下一顿回身看他。

秦岑阳正站在橘黄色的路灯中,双手交握着,笑得像个天真无邪的孩子。

"祝你成功。"陈天瑜没有拒绝也没有答应,挥挥手就消失在楼梯口。

这样的答复已经让秦岑阳欣喜若狂了,没有拒绝就表示有90%的希望。

回去的路上,红蔷薇花散发着香味,秦岑阳穿过花墙才能到自己楼下,被灯光映照的脸庞万般温柔。他一边哼着小曲,一边回忆着刚才分开时与陈天瑜的对话,尤其是她那句"祝你成功",竟带了满满的蛊惑。

后来几日里,白天秦岑阳会去医院看望许艳,她的情绪已经明显好转,有时会跟他聊聊学校的事情,有时又十分迷惘,觉得未来一片空白，找不到生活的意义。

秦岑阳借了陈天瑜的几本心理学方面的书来看。他是很感性的人，独自经过医院门口时看着出出进进的人们，病人的痛苦不堪，家属的焦急，心里很有感触。

"你跟我到医院门口走走吧。"秦岑阳想把自己的感悟告诉许艳，让她也能体会到人生的无常，从而明白生活的意义。

"秦先生以前在什么大学读书呢？"

许艳双臂撑在栏杆上安静地看着来来往往的人群。秦岑阳挨着她站着，忽然听她这么一问有些诧异，不知道她在想什么。

"我是南师毕业的。"

许艳感到有一点意外，仿佛他不该是南师毕业的。

"开始是打算去北京的，后来为了成全一段爱情吧，初恋，决定陪她过完大学的四年。"秦岑阳诚实地坦白道。

"秦先生和那个她结婚了吗？"

"没有，她后来去了德国，我已经跟不上她的步伐了。"

"后悔过吧？"

"并不，那是很美好的时光，即使后来我们之间出现了分歧，但那些往事回忆想起来时依然是温暖的。"

突然，一阵嘈杂的声音，紧接着有病人被推下救护车，刺眼的血色染在白色被单上。医生焦急地嚷着让开让开，护士举着吊水瓶，一群人匆匆而过。

"你看，人的生命就是这么脆弱，经不起摧残。"秦岑阳叹道。

许艳半响没有说话，医院的大门口又恢复了平静，仿佛刚才那些吵嚷声只是涌上来又迅速退去的潮水一般。

"你有没有想过去国外找她呢？"许艳继续说起刚才的话题。

"不想了,过去的就过去了。我已经遇到了另一个让我动心的女孩子。"秦岑阳想到陈天瑜不由得露出温柔的浅笑来。

"她为什么会让你这么动心呢?"许艳好奇地问道。

"是一种阳光吧,她身上有种很淡然而且如同阳光一样明媚、自信的气质。也许跟她是心理医生有关。"秦岑阳有些羞涩地道。

"真好,等以后我也要见见你的她。"许艳有些向往,笑道,"希望我以后也能成为这样明媚、自信的女孩子。"

秦岑阳不知道的是,当他一脸温柔地提到他喜欢的女生时,许艳的眼睛是充满羡慕和向往的。

离开医院的时候许艳告诉他自己已经痊愈,决定出院了,住下去也是白白花费父母的钱。秦岑阳怜惜地揉揉她的脑袋,像亲哥哥一样,又从口袋里取了一张名片给她,嘱咐她拿好,如果遇到什么事情就找他,他会尽力而为。

晚上约了陈天瑜出来吃饭,将这几日发生的事情跟她说了一番,又有些得意地讲起许艳的康复,以至于白天里自己在医院门口的思考被他用轻快的语气说出来后反而少了些庄重的感觉。

"这女孩子要成大器的,你说不定日后会得到厚报呢。"陈天瑜半是开玩笑半是认真地说道。

"怎么这样认为呢?"

"职业直觉,而且她能走出自己的心障,除了你说的话,我猜更大的原因,她在内心给自己设定的角色就是要比你夸赞的'我'出色,有了这样的定位,未来她一定会很努力读书,甚至大学期间她也不会降低对自己的要求。"陈天瑜娓娓道来。

陈天瑜没有说出来的估测却是,等她大学毕业怕是要来寻你以身相许呢。这是女人的私心杂念,她不想公之于众。

自从那天晚上秦岑阳向自己表明心迹,陈天瑜并没有逃避他对自己的热情如水，倘若有些亲密的举动也都坦然自若地接受了。

陈天瑜从未真正地恋爱过，直到秦岑阳将她拥在怀里，她还是有些羞涩，像十六七岁不解人事的小女孩。

楼下的路灯泛着橘黄色的幽光，它静静地看着两个人每天晚上在这里道晚安说再见。

今天的气氛却有些格外热烈。

秦岑阳拉住陈天瑜的手不肯松开，有些恋恋不舍。

"说晚安吧。"陈天瑜面色微红道。

"先等会儿，前几天我说追你你没有拒绝，我便觉得你是愿意给我机会的，这几日又开始胡思乱想，怕自己误以为你是愿意的，反反复复地徘徊在欢喜和忧虑中，你快点告诉我你有没有对我动心吧。"

陈天瑜初时愕然，想了下又觉得十分动容，被他的真诚所感，垂下头低声道："嗯，不是已经让你每天晚上都送我回家了吗？"

言外之意不言而喻，秦岑阳揪起来的心才又稍稍放下，竟情不自禁地将轻轻一吻落在她的额头上。陈天瑜抬头望他，红唇明艳。秦岑阳不及细想又将吻落在她的唇上，恰一句"金风玉露一相逢，便胜却人间无数"可以表达。

唇齿的纠缠不清最是让人意乱情迷了。许久，秦岑阳才意犹未尽地结束这个漫长的吻，将陈天瑜拥在怀里。

"我要回去了。"陈天瑜软软地说道。

"好吧，我看你上去。"

秦岑阳看着她一步步地消失在楼梯口，又看着她窗户透出灯光，仍是觉得恋恋不舍，伫立半响后心中还是无限缠绵，等手机响起才惊觉已经站很久了。电话是陈天瑜打过来的。

"快点回家吧，别在那里傻站着了。"

秦岑阳这才看到楼上窗子里有人影晃动。
"好，听你的，我这就回去。"
秦岑阳转身离开后，陈天瑜才放下窗帘安心去洗澡。

第十三章

"书昀失踪了。"

正在开车的陈天瑜接到江云靖电话心里突然一惊。她此时正在去参加安姣然生日派对的路上,而电话里江云靖的声音急躁不已。

陈天瑜想也没想立刻调转方向,心里无数的念头闪过,本以为宋书昀这几日的沉静是摆脱母亲束缚后的安心,熟料竟会突然失踪。

陈天瑜作为宋书昀的心理医生和她目前最好的朋友,也不知道她突然消失会去哪里。而在南京她只是一个小小的心理医生,影响力实在有限。陈天瑜把能想到的可以联系的人都联系了一遍,甚至通知了媒体朋友一起发布消息寻找。

"到底是什么事情可以让她离开家呢?"陈天瑜百思不得其解。

秦岑阳这时也已经从安姣然的派对上抽身过来,内心焦急地坐在江云靖事务所的长椅上。

"你的意思是你们昨天早上还见过面,然后约定今天一起去秦淮河,对吗?"陈天瑜听完江云靖的叙述问道。

"确实是这样,不过今天打她电话已经关机,我去别墅找她时发现人已经不在家里了。"

"会不会是她母亲将她带回去看管起来了呢？"秦岑阳插言道。

"这不可能，我已经给宋总打过电话，她也不知道，还非常生气地质问我她女儿去了哪里。之后她就报警了，估计警察已经在帮忙寻找了。"江云靖揉着眉心的小动作透露出此刻他内心的焦急和不安。

"倘若不是宋金春把人带走，那她能去哪里呢？认识以来也不曾见她有什么朋友来往。"秦岑阳看看江云靖又看看陈天瑜忍不住说道。

"她会不会去找她男朋友了呢？"陈天瑜思索半晌一字一顿地吐出这句话。

"有可能呀。"秦岑阳恍然大悟附和道。

"有1%的可能我们都要尝试一下。"江云靖站起身来在屋子里走来走去，竟有些慌乱无主。陈天瑜看他眉头锁紧的样子不由得心中一动："莫非他对书昀已经情愫暗生？"

秦岑阳见状忙看向陈天瑜，见她还在凝眉思考便过去牵着她的手道："我有一个朋友和宋书昀是同校的校友，不如我给他打个电话问问能不能找到姜海伦现在的联系方式。"

"好，你问吧，现在就问，免得夜长梦多。"陈天瑜道。

就在秦岑阳打电话的空当，江云靖忍不住又道："书昀之前提到姜海伦老家在兰州，不如我们先去兰州再查他的具体地址？"

"你先别着急，江律师。"陈天瑜又道，"我觉得书昀可能去兰州这种情况的概率固然大一些，却也有其他的可能，我们还是问清楚了再去吧。"

江云靖看着她欲言又止，似乎是同意她的提议，却又不放心。

"等和姜海伦联系上了，确定了书昀在兰州，我们再去他的老家，到时候我带上岑阳去会多个帮手。而南京方面的事情江律师会比我们熟悉，既然已经报警了，有消息警察也会来找你的，所以江律师你还是留在南京吧。"陈天瑜说话不急不缓又极具说服力，让江云靖不由得多看她几眼。

"天瑜，笔，快点记下姜海伦的手机号。"秦岑阳拿着手机比画着让陈天瑜记下来。

挂掉电话后秦岑阳催道："快点打呀。"

"让我来打吧，我是书昀的律师。"江云靖道。

陈天瑜却打断他的话说道："你打的话会显得太过隆重，还是我来吧，毕竟我是她半个姐姐了。"

江云靖还想继续反驳却被秦岑阳打断道："让天瑜打吧，如果姜海伦听到你说你是律师，把他吓到了怎么办？"

最终这个电话还是由陈天瑜打的，一开始并没有人接听，直到第三遍才打通，那边传来低沉温柔的男性声音。彼此客气一番后，陈天瑜便询问起宋书昀的下落。

"是，她来兰州了，我们见过一次了，但她说等过几天就自己离开。"

"那你知不知道她说的离开是去别处还是回南京？"

"这个不清楚，她没有告诉我。"

"这样吧，姜先生可以留住她多待一天，我们马上去兰州接人。"

陈天瑜看看手机上的时间，抬头对上秦岑阳关心的眼神不由得一暖："岑阳跟我去兰州吧，江律师留在南京等消息好不好？"

江云靖神色复杂地想了想，点头同意，却把秦岑阳叫到一边嘱咐道："等见到书昀了请立刻通知我，另外她情绪怕是比较低落，有陈医生在我本该放心的，但还是请你们多多照顾她。"

秦岑阳是个十分热心肠的人，此时见他神色紧张已经猜出了几分，便说道："你放心，我会把书昀给你完整地带回来。另外，我父亲回南京了，有什么事情需要帮忙你也可以直接去跟他说。"

这句话的分量江云靖知道，而此时的陈天瑜尚不知道秦家的势力，只当秦岑阳在尽力而为。

江云靖最终接受了陈天瑜的提议留在南京，而他们二人则回去简单收拾了几件换洗的衣服便开车奔至兰州的高速公路了。

为了方便，两个人只开了一辆车，陈天瑜开车，秦岑阳坐在副驾驶上闭目养神，到了晚上再换他来开，这样轮替就不用担心疲劳驾驶了。

陈天瑜觉得两个人都不说话有些局促，便随手打开车载广播电台，温柔的女主播声音立刻缓缓流淌而来，伴着歌声让人只觉得惬意。

"你喜欢听谁的歌呢？"秦岑阳闭着眼睛暖暖地问道。

"王菲。"陈天瑜答道。

"意料之中，我猜着你会喜欢她，因为我也喜欢。"

"天瑜，我问你一个问题，为什么对宋书昀如此用心呢？"秦岑阳早就想问了，普通的病人和心理医师也只限于工作上有来往，像陈天瑜这样千里迢迢去寻找病人的情况，简直太不一般了。

"那你又是为了什么跟着我来的？"陈天瑜反问道。

秦岑阳一怔："因为喜欢你啊，所以要保护你，和你一起上路。"

陈天瑜知道他说的都是真心话，竟不自觉地翘起嘴角道："书昀身上有我小时候的影子，让我觉得亲切。"

"原来是这样啊。"说完这句话，在主持人柔软的声音陪伴之下，秦岑阳竟沉沉睡着了。陈天瑜侧目看他，嘴角不由得浮出丝丝笑意。"真是孩子气。"陈天瑜心底暗道。

等秦岑阳醒来的时候已经到第二日清晨了。他坐直身子看着窗外飞驰而过的陌生景色才恍然大悟，已经离开南京到了陌生的地方了。

"我们到哪里了？"秦岑阳声音还是有些睡意。

"好像是天水，一会儿到前面的镇子上吃点东西休息一下。"

秦岑阳在听到陈天瑜的声音后立刻像满血复活一般，拿出手机搜索这边有什么好吃的。

透过车窗往外面看，镇子并不大，清晨路边的花儿开得很美，微风轻轻吹来让人舒服，秦岑阳又叮嘱说："吃完饭你就躺在后面睡一觉吧，剩下的路程我来开。"

"好，听你的。"陈天瑜温软的声音敲在他心上，痒痒的不能抑制。

陈天瑜把车子停在一家餐馆前，旁边的居民应该是吃过早饭出来乘凉的。秦岑阳牵着陈天瑜的手刚坐下，正在端着托盘送酒水的服务员转身过来，询问他们要吃点什么。店中谈笑声此起彼伏。

"吃羊肉泡馍吗？"秦岑阳没有吃过，想让陈天瑜陪他一起尝尝。

"好，就吃这个吧。"两个人又点了几样家常菜。

今天的天气温柔得像百合花，几乎让人忘记了此行的目的。

匆匆吃完，两个人准备继续上路，出了店门，阳光刚好洒在陈天瑜的头发上，秦岑阳看着竟一时恍惚。

"天瑜。"秦岑阳忍不住把即将拉开车门的陈天瑜抱在怀里。

陈天瑜的腰身被秦岑阳抵在车门上，她有些恼羞道："喂，你干吗呀？有人看着呢。"

"不管他们，天瑜，我就是突然想要抱抱你，一想到你会一直陪在我身边，就觉得特别满足。"

秦岑阳将下巴搁在她秀发上轻轻摩挲，许久才慢慢松开。

"快点走啦。"陈天瑜坐到副驾驶座上，主动让出位置，剩下的路程由秦岑阳负责开车。

秦岑阳看了眼手机上的时间,又搜索了一下路线,等心里有数了便道:"到兰州还要一阵,你先睡会儿,到了地方我再喊你起来。"

"江律师已经查到书昀男朋友老家的地址了,我们先到兰州休息一下,明天一早再去他老家。"

未知的经历,正在等着他们。

第十四章

车子在兰州的一家宾馆前停下时陈天瑜竟然还没有醒。秦岑阳本来想把她喊起来,但看她睡得香甜便直接开了车门抱她下车。

登记的时候有些吃力,他指着怀里的美人对前台女服务生道:"你快一点吧,我朋友已经睡着了。"

值班的女服务生摆出一副了然的神情,很快办好了手续把房卡交给了秦岑阳。

看到她暧昧不明的眼神,秦岑阳也懒得解释,看了一眼怀中的美人上楼去了。

其实天瑜早已经醒来了,她只是不想睁开眼睛,因为这样被抱着给她一种很温暖的感觉,而且她想逃避那个前台暧昧的目光——她是第一次和男生出现在宾馆中。

定了一个房间是意料之中的事情,陈天瑜也不知道为什么会觉得定两个房间很奇怪,难道自己骨子里想要和他一个房间?

倘若都是普通的饮食男女,对他们来说这或许会是一个浪漫而激情的夜晚。

而陈天瑜却没有这样想过,她只是相信他,相信两个人不会做出

格的事情。

等秦岑阳打开房间门低头看时,发现怀里的美人睁着忽闪忽闪的大眼睛看着自己。

"你醒啦?"秦岑阳看着她竟没有放下的意思。

"还不快把我放下来?"陈天瑜笑着打趣他。

陈天瑜以前的世界除了上学就是工作,只有偶尔来看她的闺密做伴,其余时间竟一直都是一个人待着。而最近闯入她世界的秦岑阳,仿佛没有征兆般就那么出现了。现在,在这个夜色深深的兰州城,他和她就在一起,他甚至还抱着她一路穿过回廊。

"有些神奇。"陈天瑜低头不语。

秦岑阳有些不知所措,便说要去洗漱,这句话本来极寻常,在这样的环境下却难免生出些暧昧气息来。

陈天瑜胡乱地换着电视频道,心跳比平时快了许多,以至于她面颊上的绯红一时不能褪去。忽然手机振动起来,是江云靖发来的信息,上面是他查出来的关于姜海伦的所有资料。

等秦岑阳出来时,看到的是坐在电脑前已经进入工作状态的天瑜,她一只手滑动鼠标浏览兰州市附近的景区和一些高档宾馆、酒店,另一只手轻轻敲着桌面,似在推敲心中的一些事情。

"有什么情况吗?"秦岑阳好奇地问道。

"当地的警察已经去姜海伦家里了解过情况了,他的家人说他离家出走至今未归。"

"那看来他是和书昀一起离开的。"

"还有一件事情,姜海伦于一个月前和邻居家青梅竹马长大的女孩结婚了。"

一听到这个消息,秦岑阳吓了一跳,半晌才道:"怎么会这样?"

陈天瑜关掉电脑转过身冷静地看着他,一字一顿地说道:"明天我们先去姜家，回来后再去兰州附近的景点看看，姜海伦必然会尽地主之谊带她四处游玩，至于住宿，书昀自幼娇生惯养必然不会住得太差，我已经让江律师跟兰州警方联系，看看能不能出点力气帮忙查查兰州的几家高档宾馆的住宿人员中有没有宋书昀。"

"还是你想得周全。"秦岑阳笑道。

倘若开始时还有什么风花雪月的臆想，到此时已然消失殆尽了。秦岑阳小心翼翼地收好自己的情绪，看着天瑜的背影有些温暖，这种温暖是两个人能够相依相靠的温暖，不敢加上几分情色的滋味。

而对陈天瑜来说，一直以来她的世界都是自己一个人，闺密是父母外离她最近的人，却也不知道她的心里世界是什么模样。而在此夜，天瑜一想到自己身后躺着的人便觉得十分温暖，仿佛他原本就该如此出现。

等她处理完所有邮件，又把第二天要做的事情列出顺序后已经凌晨三点，刚一关上电脑就呵欠连连，而秦岑阳已经沉沉睡去。怕打扰到他休息，陈天瑜蹑手蹑脚地去洗漱，回来和衣躺在另一张床上，很快就睡着了。

这件事情在很多年后，两人再次提起时都不禁哑然失笑。秦岑阳暧昧地对着已经成为自己妻子的天瑜说道："真的很遗憾没有在那样夜黑风高的夜晚，给你留下一段难忘的回忆。"

第二天是个雨天，宾馆前台女服务生用熟悉的声音跟他们打招呼，说着应景而和气的送客语："兰州有很多好玩的地方，希望你们玩得开心，今天虽然下雨，但雨水能够洗掉路上的飞尘。"可当他们开车上路时，才发现出了城区只有破旧而泥泞的路。

秦岑阳故意用缓慢的声音念起王维的《渭城曲》："渭城朝雨浥轻尘，客舍青青柳色新。劝君更尽一杯酒，西出阳关无故人。"

车子走出几十里，路上空无一人，只有漫无边际的一片雨幕。

两个人都有点蒙,虽然地图显示马上就要到姜海伦家所在的县城了,然而要找到具体地方在哪里就有点费力了,这一场雨很大,街上也没个人影。

天地间仿佛只剩了他们二人和这辆红色车子。

等摸索到县城时已经到了午饭时间,两个人把车子停在一家快餐店前,决定先吃饱了再去姜海伦家。

两个人入乡随俗,点了一盘羊肉、两份青菜、两碗面。

"刚才走的那两个小情侣看起来像是吵架了,而且吵得挺凶。"

"你怎么看出来的?"

"你没有看到那女的左手腕上缠着布条吗?上面还有血渍,估计是自残弄的。"

旁边桌子上的几个人在议论纷纷,带着一点兰州口音。陈天瑜仔细听才懂他们说什么。

"那女的不像咱们本地人,看起来柔柔弱弱的,个子也瘦小。"接着一阵哈哈大笑,几个人已经换了话题。

"瘦弱?自残?"几个关键词在陈天瑜脑海里飞速而过,她隐约觉得他们口中的小情侣就是姜海伦和宋书昀。

"我们走吧。"已经吃完饭付过钱的秦岑阳看到天瑜在愣神,遂过去拉了她的手往外走。

"在我们过来之前,书昀他们可能刚离开。"陈天瑜道。

秦岑阳犹疑不定:"你看到他们了?"

"刚才你去结账,我听店里其他人议论猜测的。"

"不要胡思乱想,说不定是别人,世上哪有这么多巧合的事情?"

陈天瑜不再言语,她觉得和秦岑阳争论并无意义。

第十五章

按照江云靖发过来的地址,两人颇费了番工夫才找到了姜海伦的老家。

这是毗邻郊区的旧居民区,有正在施工的新楼,也有满目疮痍的旧楼。穿过一个狭窄的巷子,在一片楼房后面出现了一个普通的院子。

秦岑阳又询问了一下天瑜地址是否正确,得到肯定的答案后就上前去敲门。

大约10分钟后,有妇人过来开门,四十多岁的模样,倚着门框问道:"你们找谁呀?"

"你好,阿姨,我们是来找姜海伦的,不知道他在不在家呀?"

"我们是他以前的大学同学。"秦岑阳见妇人不太相信陈天瑜的样子忙补充道。

"我们海伦不在家,你们有什么事告诉我就行,等他回来我再跟他说。"

"那阿姨知不知道他去了哪里呀?"陈天瑜忙又问道。

秦岑阳则困惑于为什么这个阿姨不让他们进屋坐坐,难道待客方式跟其他地方不一样吗?

"妈，谁来了呀？"院子里传来一个年轻女人的声音。

中年妇女往身后看了一眼道："没啥，都是过路人。"

"还有事吗？没事那我关门了。"妇人有些不耐烦。

陈天瑜忙拉住她的手臂不让她离开，急切地说道："先等一下，阿姨，那您能不能联系上他呀？还有，是不是有一个女生和他在一起？"

"你们是干什么的？"说话的是已经走到面前的年轻女子，她充满敌意地看着门口二人。

"我们是姜海伦的大学同学。"秦岑阳面带微笑答。

"啊……啊……妈，他们都是坏人，都是坏人，快点抓住他们。"年轻女子突然面目狰狞地指着陈秦二人。

这时候，院子里又出来了好几个人，很快把他们二人围在中间。秦岑阳顿感不妙，拉起天瑜的手就要往巷子口处跑，车子就停在那边。

"拦住他们，别让他们跑了。"后面的人很快就追上来了，把他们两个押着进了院子。

"你们这是犯法知道吗？私自绑架公民。"秦岑阳气得跟他们理论起来。那些人根本不理他。很快二人就被推搡着进了一个偏房里面关着。

"这些人简直莫名其妙，为什么突然抓我们？还有那个女的，为啥一看见我们就大喊大叫的？"秦岑阳一个问题接一个问题地脱口而出。

"你别说了，这些问题待会儿就会有人给你答案了，你不如留着些力气，不然夜里更难熬。"陈天瑜宽慰他道。

"真是虎落平阳被犬欺啊，爷在南京还没有受过这样的待遇。"秦岑阳愤恨地说道。

"行了，不出门不知道天地大，这下就当买个教训吧。"陈天瑜显得比他淡定多了，似乎并没有把这些放在心上。秦岑阳也安静了下来，作为男孩子他应该更沉稳才是。

时间一分一秒地过去，等到外面的吵闹声消失了，女子的哭泣声也慢慢止住时，已经是黄昏了。那金黄色的光澜透过窗户的缝隙趴在陈天瑜的脚下。秦岑阳一直盯着她的脸庞，仿佛永远看不够似的，此时迎着光晕只见她更加美丽十分。

"牡丹花下死，做鬼也风流。"秦岑阳脑海里浮起这句诗，他想如果真的就此牺牲了，但能和天瑜在一起也不可惜。

哐当一声，门被打开了。两个人迅速抬头试图看清来人，但又迅速低下头去。

进来的是之前大喊大叫的年轻女人，她走到陈天瑜面前，仔细端详了半天，忽然就给陈天瑜跪下哭着道："你怎么又回来勾引海伦哥啊？我求求你了，快点回你的南京去吧！我跟海伦已经结婚了，你们已经是过去的事了，你就不要再来我们家纠缠不清了好不好？"

陈天瑜吓了一跳，忙起身避开她的跪拜，谁知她双手紧紧抓着陈天瑜的衣角不让她走开，接着又哭着说道："我知道你们两个还有感情，但是我们已经结婚了啊，我肚子里也怀了他的孩子，你让我怎么办？求求你放过我们吧。"

陈天瑜听了半天却只听清这几句"我们已经结婚了""求求你不要再来纠缠不清了"，心里已经有数，知道宋书昀的到来让这个女人受到了打击，一时失去了理智。

"你听我说，我不是你口中说的那个女人，我们来找姜海伦是为了别的事情。"陈天瑜试图解释，但那女人根本不听她的话，依旧自顾自地扯着她的衣角哭诉。秦岑阳在一边看不下去，担心天瑜的安全要去拉扯那个女人。这时候门外又进来两个人,一个过来阻止了秦岑阳的动作,另一个过去扶起年轻女人恨铁不成钢地说道:"我的傻闺女,你跟这种狐媚子女人下什么跪,既然她抢了你男人,就把她绑起来揍一顿,等姜海伦那个混蛋回来了再放他们离开。"

"你们敢动她一下试试,我跟你们拼了!"秦岑阳听到那人的话跟疯了似的,挣脱开困着他的那个人,上前一把揪住说话人的衣领道,"我再跟你说一遍,这是我女朋友,跟姜海伦没有任何关系,我们来找他是有别的事情,你们要敢动她一根手指头,我让你们全家赔偿!"

由于秦岑阳气急败坏的脸孔太过狰狞,眼睛瞪得狠厉,那些人反而不敢上前了,只好带着神志不清的年轻女子离开了屋子,走时用一把大锁将两个人再次锁在了屋子里。

此时夜幕已经笼罩了整个院子,窗户透进来的光线越来越暗。

"你在想什么?"陈天瑜问道。

"情怀正恶,更衰草寒烟淡薄。"秦岑阳挨着她一起坐在地上的草堆上。

陈天瑜有些累,头一歪枕着他的肩膀柔声笑道:"你倒是有闲情逸致,我好累,也不知道他们怎么会突然把我们关起来。"

"累了就睡会儿,没事,还有我呢。这事只能走一步看一步了,我也不懂他们这是搞的哪一出。"秦岑阳捏了捏她的脸蛋安慰道。

两个人在无边无际的黑夜里陷入了沉默。

第十六章

天快亮的时候,院子里突然出现一阵嘈杂声,接着响起了大门被打开的声音,有女人的声音哽咽道:"海伦,你这几天去哪儿了?"

陈天瑜蓦然睁开眼睛,看到院子里灯火通明,有好几个人朝这边走来,脚步声逐渐清晰。她忙推了下还在睡梦中的秦岑阳,秦岑阳却下意识地将她搂在怀里呢喃:"是不是冷?抱着你,不怕冷了。"

陈天瑜面上一红,忙挣脱他的怀抱,提高声音道:"别睡了,有人过来。"

秦岑阳一下子惊醒。

门上响起开锁的声音,进来的第一个人是一个年轻的男子。

"对不起,两位,我的家人不懂事让你们受罪了,快点跟我走吧。"说话的人不是旁人,正是二人要找的姜海伦。

"你是……姜海伦?"陈天瑜犹疑不定道。

"是我,我已经听书昀提起过天瑜姐了,我家人做出这种事情真是对不住二位。"姜海伦一脸愧疚,他生得十分白净,一点也不像西北大汉。

"我有权起诉你们。"秦岑阳对他的印象很不好,早已经给他贴上若干标签：滥情、逃避责任、自私自利等。

那边客厅已经有人将做好的两碗面摆在桌子上。

陈天瑜和秦岑阳肚子早就饿得不行，看到有人招呼自己坐下，二话不说就把两碗面消灭掉了。

其间，昨天中午看到陈天瑜就怨愤不已的女人也过来了，她站在姜海伦身后依旧睁着一双警惕的大眼睛盯着陈天瑜。

吃饱后，陈天瑜看了一眼哈欠连连的秦岑阳对姜海伦道："我只问你一句，宋书昀呢？"

"被她的一个律师朋友接走了。"姜海伦说话时面无表情，让人看不出来他的情绪如何。

"原来如此，那我们被你家人私自扣押的事先不跟你算账，找两间屋子让我们睡一觉吧，实在困得不行了。"秦岑阳终于忍不住插话道。

陈天瑜的手机在昨晚给江云靖发完信息后就耗尽电量自动关机了，本要直接离开，听秦岑阳如是说也觉得疲惫不堪，不适合继续开车上路，便向姜海伦投去一个询问的眼神。

"海伦……"那个一直站在姜海伦身后的女人终于按捺不住，扯着他的衣服似乎有话要说。

"刘雅，你先让他们睡觉，今天这些事我不想多问，你也不要再闹了。"

一个四十多岁的妇人过来，领了陈天瑜去一间刚装修过的屋子躺下。陈天瑜也没有客套，简单洗漱了一下倒头便睡，这一睡就是八个小时。等她醒来时那个妇人正坐在屋子里，低着头在绣什么东西。

陈天瑜没有出声，一直躺着观察妇人的动作。她应该是常年做这个活计，手指十分熟练地上下翻飞。

"你醒了？"妇人无意中抬头发现了饶有兴味盯着她看的陈

天瑜。

"大姐绣的什么呀？"陈天瑜坐起来，抱着被子慵懒地问道。

"娃娃鞋的鞋帮，就是半年大的孩子抱起来后穿的，不知道你们那里还有没有这种鞋？"妇人很热心肠。

"虽然没有见过，我想应该是有的。"陈天瑜笑着说，随即起来梳洗，妇人看她起来就出去说了一声复又进来。

两个人有一搭没一搭地闲聊，原来她是姜海伦的邻居，按辈分是喊作婶子的长辈。

女人都很八卦，无论是什么境况里都会有旺盛的好奇心，妇人看陈天瑜已经收拾妥当，忍不住道："你跟之前来的那个宋书昀是什么关系呀？"

陈天瑜挑眉，随即露出一个温和的笑容道："同校的，私交很好，后来她失踪了，我们就猜想会不会在这里。这不，才一过来就被你们莫名其妙地关起来了，你说我要不要起诉你们呢？"

"妈呀，我的大小姐，你可别吓唬我们，我们可都是老实人。"妇人声音立刻就提高起来，看起来更像是因为害怕而故作玄虚。

"你不要担心，告的话，我也只告姜海伦一家人。"陈天瑜笑得有点坏。

妇人听说跟自己没有关系遂放松下来，又觉得姜家人也无可厚非，便劝道："姑娘啊，其实这也不怪他们，自己儿子跟人跑了生死未卜，你说能不着急吗？还有，你也看到了，海伦的媳妇精神受刺激了，姑娘你也别生气了，回头让海伦替他媳妇和他娘给你道歉，都是造孽啊。"

"他媳妇受什么刺激了呀？"陈天瑜问道。

妇人看陈天瑜生得温柔恬静，心里觉得喜欢，见她对事情了解不多，便把这边发生的一些事情讲给她听。

关于姜海伦和宋书昀的故事至少也要追溯到一年前了，彼时两个人都是南大的学生，宋书昀是一个规模不错的汉服社社长，而姜海伦是学生会主席，两个人常有来往便情愫暗生。

姜海伦家境一般，老家又在西北，离南京太远。而宋书昀自小娇生惯养，母亲忙于事业，虽然对她照顾很少却管得很严，不许她跟男孩子走得太近。毕业后两个人暗里来往一年多，终于还是被精明的母亲发现了。宋书昀为了和姜海伦在一起，跟母亲发生激烈争吵后，偷偷地从家中跑了出去。等到了姜海伦临时租住的房屋，经过一番商量后，两个人竟一起回了兰州姜家老宅。

姜海伦的父母看到儿子领着漂亮的女朋友回来，自然是万分的高兴，家里平时吃饭虽然极其清淡，但为了照顾宋书昀还是每天换着花样为她做好吃的。

如此日复一日过得倒也欢快。那时候姜海伦邻居家的少女因为爱慕他，曾刻意找宋书昀的麻烦。谁知道书昀并不在意，反而觉得她能喜欢自己男朋友是值得高兴的事情。

那个邻家少女就是刘雅。

第十七章

宋书昀没有把刘雅放在心上也是有道理的,当你的实力以绝对胜算的姿态碾压对手的时候,根本没有什么可担心的。

当然,姜海伦对宋书昀的一片痴心也是无法撼动的。

然而他们都忘了,能够拆开他们的除了第三者,还有物质生活的差距。

倘若宋书昀没有因为兰州的清贫生活而偷偷跑去刷母亲给她的卡,就不会泄露了行踪。

"她母亲来的那天,她偷偷从后门跑出来躲在我们家里,我给她煮了一碗面,她不肯吃只是哭,看得我都忍不住掉泪。"妇人讲到这里,又忍不住长吁短叹起来。

陈天瑜已经大致了解了事情的经过,但还是对许多细节感到不可思议,忍不住问道:"那姜海伦这么爱书昀,为什么后来娶了刘雅呢?"

妇人向门外看了一眼,确定没什么人走动才压低声音说道:"其实这个真不怪海伦,都是他娘和小雅造的孽啊。海伦娘后来见书昀被母亲带走,知道煮熟的鸭子飞走了。两家确实也有很大的差距,如果硬要高攀怕海伦今后受气,说句不好听的,你们这些年轻人啊整天情啊爱的,在我们眼里都是浮云,只要娶回家能过日子能生孩子,什么样的女人都一样。"

陈天瑜听到这里,虽然觉得她的观点很世俗,却也符合大部分老人的心思。

妇人接着说道:"接下来的事也是后来小雅无意中说出来的,不然我们谁都不知道。原来海伦回南京没有找到书昀,就回老家办了一些事情,好像跟文件什么的有关系,咱们也不懂,后来在家里住了几天。谁知道海伦娘给他儿子下了药,唉,哪有这样当娘的,帮着外人合计自己儿子。那天小雅就跟海伦同房了,后来两方的老人就逼着海伦把小雅娶回了家。你都不知道,结婚那天海伦喝醉酒抱着他们家院子的梧桐树哭了大半宿,后来下起了大雨,也没人拉得动他,大家伙就在廊下看他一个人在那里哭,别提有多惨了。"

说到这里,妇人又是一阵惋惜,好像是悟出什么道理似的又反驳自己道:"不过,小雅除了没有那个南方姑娘好看,对我们海伦那是一个好呀,又体贴又能干。海伦也算是因祸得福,真娶了那个什么宋书昀,那还不得让他丈母娘欺负死了啊。"

陈天瑜见她说得兴起,又是十分知情的人,便对她生不出厌恶来。

"那刘雅后来怎么会精神分裂了呢?"陈天瑜是心理医生,从见到刘雅的第一眼就已经发现她的精神有问题。她对姜海伦的一腔热情在得不到回应时已经开始扭曲了,所以才会在结婚后对他寸步不离。

"太执着了,你说这世上的男人多了去了,她就是一根筋非要他不可,得不到就把自己搞魔怔了呗。"妇人又开始一阵叹息。

大概两个人讲话的时间太久了,终于引起了姜家人的注意,先是姜海伦的母亲过来转了一圈,极为礼貌地为昨天晚上的事情道了歉,看陈天瑜无甚在意就放下心回去了。

等全部讲完时姜海伦带着秦岑阳一起过来了,天色已经不早了,倘若现在不离开,恐怕又要留宿姜家了。

姜海伦欲言又止,终于还是说道:"书昀他们应该还没有离开兰州市,现在你们要走了,等见到她帮我捎句话吧,就说这辈子是我姜海伦欠她的,来生一定十倍偿还。还有,只要她今后能平安幸福就是我最大的心愿了,我的一生已经毁了,不希望她跟我一样,那个江律师人很棒,如果……如果她能喜欢他就好好珍惜吧。"

陈天瑜冷眼看着姜海伦,他说这些话时垂着眼睛不看任何人,她觉得他又可怜又可悲。

一个连自己喜欢谁都决定不了的男人,如果他知道宋书昀为了自己和母亲决裂甚至不惜在法庭上力争的话,心情会如何呢?

这些我们都无从得知,但姜海伦回家了,即使所有人都怀疑过他会带着宋书昀私奔,但这几天他们发生了什么事也只有他们自己清楚了。

刘雅在看到姜海伦回来的那一刻精神便好了许多,她有些诚惶诚恐,大抵是不想他因为自己做的事情而讨厌自己,当深爱一个人却得不到回应时,她的自卑是低到尘埃里面的。

秦岑阳询问:"我们直接回南京还是去找云靖他们呢?"

"你手机还有电吗?给江律师打个电话吧。"

秦岑阳应了一声便出去打电话了,而陈天瑜则不疾不徐地对姜海伦道:"虽然不知道你们两个这几天做了什么,但你既然选择回来就对你妻子好点吧,不要负了一个再去伤害另一个。"

姜海伦看着她似有无限话要说,最终却只说了句:"好,我会这么做的,陈小姐回到南京多照顾她一些,我……"后面的话却无论如何也没有说出来,干咽了回去。

"这个就不劳你费心了,姜先生保重身体。"陈天瑜大步往外走,不再看身边擦肩而过的每个人,他们都是姜家的亲朋好友,虽然对自己做出了一些不礼貌的事情,但这个世界毕竟是灰色的,而不是非黑即白的分明。

　　秦岑阳已经打完电话,正迎着夕阳在门口等陈天瑜,看见她出来道:"走吧,云靖他们在市中心的一家餐厅,让我们过去一起回南京。"

　　"嗯,走吧。"

　　这一出意外让两个人又亲密了许多,那个漆黑的草屋子里温暖的怀抱已经触动了陈天瑜心底最柔软的部分。

第十八章

见到宋书昀的时候,她已经躺在长椅上睡着了,头枕在江云靖的腿上,9月的北方天气已经有些凉意,江云靖脱了自己的外套给她盖上。

"你们怎么在这里等我们?"陈天瑜望了一眼周围,这是个不大的社区公园,四周的树木还未凋零,带着黄昏的暖色向行人示好。

"吃完饭她不想待在原地等你们,就一路慢慢走到这里,这几天她估计累坏了,到了这里看了会儿黄昏就睡着了。"

江云靖也已经一天一夜没有合眼了,但当他的目光落在膝上的女子脸上时,便温柔得能滴出水来,那一身的疲惫早就变成了此时一腔的多情。

陈天瑜已经看出来了二人之间微妙的变化,而秦岑阳却呆子一样毫无察觉。

询问二人意见后,大家都决定尽快回南京,于是江云靖抱起还在睡梦中的人儿上了车。开车的是秦岑阳,毕竟他睡得最足,精神头也大。

陈天瑜坐在副驾驶座上,江云靖揽着书昀坐在后面,为了不吵醒她，尽量不移动身体。

"没想到江律师是这么细心的人，昨天晚上给你发信息时还想着你只要今天下午能到就行，比我预想的快了半天呢。"

陈天瑜打趣了一番，看他只是闭目养神并不接话，而是笑笑便侧脸向正在开车的秦岑阳道："回去也没什么紧急的事情处理，你慢慢开，饿了就在前面停下来，下半夜换我来开就行。"

秦岑阳点头答应，随手打开车上的音乐，三个人又陷入各自的沉默当中。

今岁何时妾忆君？西山白雪暗秦云。

陈天瑜闭着眼睛，脑子里忽然就蹦出来了这首诗，她一直在想姜海伦和宋书昀的事情，当然还有刘雅。这三个人究竟是谁辜负了谁，此时已经不能用三言两语来评判了。若说错的是刘雅，如今虽然如愿以偿地嫁给了姜海伦，可是面对他的不爱自己又万分痛苦，以至于精神遭受了巨大的打击。姜海伦固然负了宋书昀，也平白地搭上了后半生的幸福，而看起来最无辜最可怜的宋书昀因为有了江云靖的守护，反而是三人中未来最美好的一个了。

陈天瑜这样一番思量下来，竟有些困倦，恍惚入梦。

等到南京的时候已经是深夜两点多了，一行人在陈天瑜家下车，因为都已经乏极了也没有推辞，都跟着她上了楼。

宋书昀还没有醒，江云靖按照天瑜的吩咐把她放在主卧室的大床上。

之后三个人就回到客厅，陈天瑜一边沏好茶水一边对二人说道："我去下三碗鸡蛋面，你们也不要嫌弃，吃饱了后你们俩去另一间卧室凑合睡一会儿，我跟书昀在一个卧室，有什么事明天早上我们再详谈好不好？"

二位一听有面吃早就开心得不得了，陈天瑜去厨房忙活时候，他们则有一搭没一搭地闲聊。

秦岑阳和江云靖本来就是初中同学,虽然上大学后各奔东西了,如今重新聚到一起感情又恢复到了当年的亲切状态。

"有件事我一直挺好奇的,今天刚好可以问问你。"

"问吧,我能有什么事让你好奇的?"

秦岑阳看江云靖一脸的郑重,也忍不住收起嬉笑的表情认真地看向他。

"为什么你不跟着叔叔学经商,反而去做记者?你是怎么说服叔叔的呀?"江云靖忍不住问道。

"这个问题居然也算作问题呀。"秦岑阳笑道。

"在我看来这是个大问题呀,说说看嘛。"江云靖揶揄道。

秦岑阳沉思一会儿才道:"我爸开始确实有培养我接他的班的想法,毕业时也曾想安排我进公司,后来我跟他说不想像他一样一辈子被这些东西捆绑住,至少年轻时候不可以,我还要去很多地方认识很多人,做我喜欢做的事情。后来他没有反对我的选择,但告诉我至少有能力能挣得够自己花的钱。所以,他虽然没有干涉我,但毕业后也再没有给我一分钱。"

江云靖表示支持宋叔叔的观点:"这个可以理解,应该如此,不然你就变成吃喝玩乐无所事事的纨绔子弟了,哈哈。"

此时,陈天瑜的鸡蛋面也煮好了,用托盘端了过来,看他俩聊得十分开心便道:"你们俩精神不错啊,居然还能聊得这么投入,快去洗手回来吃面吧。"

江云靖性格豁达坦率,吃饭期间将自己如何去的兰州慢慢讲给陈天瑜和秦岑阳二人听,虽未刻意提到自己是担心书昀的安全,但每次讲到她的名字时都会忍不住顿一下,然后轻柔地念出来,心底定是一阵温暖。

"等天亮了还要去一趟派出所做个了结,我想事情已经结束了。虽然书昀没有跟我说一句关于这次出走的事情,但我想她心底也明白今后自己跟姜海伦已无可能,我只想她能快点好起来,不要沉沦在里面,不肯往前迈一步。"

江云靖说得很是在理,陈天瑜表示赞同道:"这段时间我会经常去看书昀,虽然她身子弱又容易有执念,但一旦明白事情无可挽回她就会很快想得开了。"

秦岑阳对如何帮助宋书昀快点恢复没有多大兴趣,等大家都吃饱了他便主动请缨去洗碗。

"岑阳不错的,陈医生要不要考虑一下?"江云靖听着厨房忙碌的声音认真道。

"这个我知道,江律师什么时候也这么八卦了呀?"陈天瑜笑道。

大家可能会发现,在整个事件里除了不甘心和失去,还有因为失去而得到的如同闪烁的星星,更像野火烧不尽后春风吹又生的爱情。而爱情才是这里永远的主题,没有之一。

爱情如同一条河,穿过密闭的岩石
爱情如同一把刀,刺伤你的心
她那么甜蜜,她那么苦涩,是一阵狂风,是一缕微风
于我,她是一朵玫瑰,于你,她是一片荆棘

从来不哭泣也不后悔的人们,不知道什么是幸福
只追求永恒的人们,会错过那一瞬息
从来不获取,也不给予的人们,一生都在害怕死亡的人们
他们的生命从未真正开始

第十九章

第二天,大家睡到下午才醒,却发现宋书昀依旧昏睡未醒,但呼吸却是正常的。

三个人一下子不知所措起来,商量一下便立刻送她去了医院。经过医生反复检查,得出来个她自己不愿意醒来的结果,因为她的身体并没有出现极度衰竭的现象。

医生没有采取治疗措施,只是给她输了一些营养液。陈天瑜去办理了住院手续,并征询江云靖的意见要不要通知宋书昀的母亲。江云靖表示暂时不要,看看再说。

因为离开了一段时间,大家都积压了很多工作上的事情,遂找了一位经验丰富的护工照看宋书昀,几人便各自回去处理工作了,等忙完又都来医院帮忙照料。

安姣然的出现虽然让陈天瑜有些意外,但细想之下又是情理之中的事情,毕竟自己从人家生日派对上拐走了她哥哥,还一走就是好几天。

"陈医生,好久不见。"安姣然坐在崇爱心理咨询室的沙发上,似乎来了很久了。

"不好意思啊，让安小姐久等了，今天外面有些事情需要处理，耽搁了回来的时间。"陈天瑜泡了一杯咖啡递给她。

安姣然接过咖啡，搁在了桌子上，露出一派天真烂漫的笑容："陈医生是大忙人，不像我们学生这么闲，能理解。我就是路过，看到你的诊所突然想进来看看。"

陈天瑜心里掂量着她这次出现的原因，大概也就是示威或者寻找下自己的晦气，毕竟拐走她哥哥让她十分不悦。

"好啊，这里地方不大，你随便看看，我还有一些工作要处理，待会儿请你吃晚饭如何？"陈天瑜打太极一般跟小姑娘周旋着。

"闷骚。"安姣然故作低声地哼了一声。但这个低声又恰好能让陈天瑜听到，谁知道陈天瑜面上毫无反应，一副风轻云淡认真处理工作的模样。

安姣然有点郁闷，也不知道自己一听说表哥回来就跑去找他是怎么了，见不到他又鬼使神差般找上陈天瑜，自己心里暗暗生了一番气，知道跟她绕下去也没有意思，干脆把话挑明了说道："陈医生啊，其实我这次过来是专门看看你的，顺便有几句话想跟你说，不知道当讲不当讲？"

陈天瑜把眼睛从电脑屏幕上移到她脸上，定睛打量了一下道："你说吧，什么事？"

"据我观察，你跟我哥哥关系越来越不一般呀，我不得不好心提醒你，我哥哥可是有女朋友的。虽然安泠姐去了德国，但明年她就回来了，你不要试图在她离开的这段时间勾引我哥哥，这种行径可是令人不耻的。"安姣然话说到最后有点挑衅的意思了。

"是前女友吧？我第一天认识秦岑阳时，他就告诉我他们已经分手快两年了。"陈天瑜说话不缓不疾，嘴角略带嘲讽地看着安姣然。

"就算是分手了，那也是因为泠姐要去德国才迫不得已分的，只要她一回来，他们就会和好的。"

"安小姐。"陈天瑜打断她的话，笑着说道，"我觉得我们谈话的主题有点偏了，因为我虽然知道岑阳喜欢我，但我还没有答应他成为他的女朋友，倘若安小姐觉得他做得不对可以直接找他说，不用在我这里浪费时间。最后，我好心提醒一下，两情相悦的事情也未必就会因为安小姐一个不愿意就会改变什么的。"

安姣然离开崇爱心理诊所的时候脸色十分难看，前台的两个接待人员看到她如此则是见怪不怪的模样。陈天瑜的腹黑和毒舌在她们看来是个十分可爱的优点。当然，她也不是对谁都如此，但一旦出手必然大快人心。

忽略安姣然的挑衅，大家对秦岑阳和陈天瑜的前景都是很看好的。

在众人眼中，近日来的秦岑阳就像嗅到了春天气息的小兽，充满了欢快和感性，每天一大早都精神抖擞地捧着一束鲜花和热乎的早点出现在崇爱的接待室，而陈天瑜自这以后也再没去过常去的那家早餐店。

鲜花是订了一个月的，早点则是他早起自己做的，不得不承认，秦岑阳的厨艺真是很赞，若是吃习惯了他每天换着花样做的早餐，再去外面吃油腻的餐厅定会让人有些不适应的。

陈天瑜送走安姣然后，对着桌子上的玫瑰花一瞬间愣神，嘴角不自觉噙着笑意。

"天瑜姐，送花的是姐夫吧？"新来的助理乔丽忍不住地八卦道。

"你觉得他如何？说说看你的第一印象。"陈天瑜虽然没有正面回答，但这一句话在大家看来算是默认了。

"看着很阳光，人也长得帅气，关键我看他对天瑜姐是痴心一片呀，每次来那眼睛就像黏在你身上一样。最主要吧，我觉得会做早餐，还做得这么好吃，这世上哪还有这样的绝世好男人？有的话给我留一个呗。"乔丽越说心情越激动，眼睛都变成星星了。陈天瑜打趣她花痴，诊所的空气中弥漫着一种欢快的气息。

上午处理完手上的工作后，陈天瑜便决定去医院看望宋书昀。南京的交通每逢周末就格外拥挤，一路上停停走走竟耽误了将近40分钟。

宋书昀的病房在新病房区六楼电梯口，排队的人很多。陈天瑜弃了电梯向楼梯走去，这点台阶对她来说不算太高，然而还没走到六楼，她就遇见了被江云靖抱着往楼下走的宋书昀。

"怎么回事？书昀什么时候醒的呀？"陈天瑜惊讶地问道。

"上午就醒了，只是神志还不是特别清醒，刚才她跟我说想回家一趟，我去问过医生了，医生说她除了昏睡太久身体虚弱外没有什么大碍，所以决定先带她回家去看看。"江云靖虽然长得不是特别高大威猛，但也是经常锻炼的，抱着宋书昀下楼也不觉得累。

"这样呀，那我开车送你们回去吧。"陈天瑜道。

"天瑜姐，谢谢你。"趴在江云靖怀里的书昀抬起头，冲着陈天瑜露出一张虚弱的笑脸。

"谢什么，你早点好起来比什么都重要，我还想着去鸡鸣寺上香许愿让你早点好起来呢。"陈天瑜走在前面，脚步轻盈，足见她看到宋书昀醒来后的心情有多愉悦。

第二十章

回到茶壶湾,恍如隔世一般,宋书昀站在自家院子前面眼泪忽然就啪嗒地落了下来。江云靖忙把她拉进怀里,像哄孩子似的安慰道:"傻丫头哭什么,我们这不是回到家了吗?医院你不喜欢待,那我明天就办出院手续请个护工在家里照顾你。"

江云靖从她手里拿过钥匙一边开门一边温柔地继续安慰道:"别哭了,你看陈医生还在这里呢,也不怕她笑你呀,待会儿没人了随便你哭,我借肩膀给你好不好?"

扑哧一声,破涕为笑的宋书昀转身冲陈天瑜悄声道:"好久没有哭了,天瑜姐不许笑话我。"

若还是冰山美人时代的陈天瑜确实会看不上这种小女孩作态,但自从遇到秦岑阳后,她的春天总算姗姗来迟,此时再看这种小女孩作态反而觉得无限可爱。

接下来令人意想不到的是,刚回到家中的宋书昀丢下陈天瑜江云靖二人便把自己锁在卧室,半晌没有再出来。

"她……"江云靖也有些不知道怎么跟陈天瑜解释了。

"不会有事的,放心啦,我估计她应该是在整理自己的东西。叫点外卖吧,待会儿她要饿了。"陈天瑜体贴地说道。

江云靖马上意识到自己的粗心大意,书昀醒来半天肯定会饿了的,这几天都只是输营养液,估计胃里什么东西也没有,遂打电话叫了几份外卖,又觉得还不够就去厨房看看还有没有米,还好大米小米都有一些。江云靖便对着书昀的卧室喊道:"丫头,我给你熬些粥如何?"

卧室门在此时打开了,宋书昀抱着一堆东西走了出来,听到江云靖的话道:"好呀,我喜欢小米粥,多熬些,晚上吃过了你们再回去。"

陈天瑜看着宋书昀,目光又落在她抱着的一堆东西上,有点疑惑她想干什么。

"姐,这些都是我和姜海伦在一起的时候的东西,有他送我的画还有一些书信,你帮我寄还给他或者丢掉吧。"宋书昀显然已经决定从与姜海伦这段感情纠葛中走出来了。

"好,那你给我吧,这些交给我处理,你不要过问了。"陈天瑜说道。

"我去厨房看看。"宋书昀说完就把东西递给了陈天瑜,转身进了厨房。

陈天瑜将自己带来的百合花顺手插在了茶几上的胆瓶里,又加了些水,看着鲜艳欲滴。许多东西就像这瓶花,越是看着灿烂越会凋谢得快,比如半个月前还以为自己争取到自由就能和姜海伦在一起的宋书昀。

但转念一想,这样未必不是好事,宋书昀昏睡的这几天必然是因为不想醒来面对事实,现在怕是已经接受这个现实了,所以才会在江云靖的照料下慢慢恢复神志。

陈天瑜一边摆弄花一边看着两个人在厨房忙碌的身影。江云靖不许书昀动手,她就乖乖地站在一边看他忙碌,有时会抬头笑着跟他说几句话,仿佛在一起生活了很久的小夫妻。这让陈天瑜想起昨夜读的《源氏物语》中关于夕颜的一段:

> 早晨分手不久,便已想念不置;晚间会面之前,早就焦灼盼待。一面又强自镇定,认为此乃一时着魔,并非真心热爱。他想:"此人风度异常温柔绰约,缺少沉着稳重之趣,独多浪漫活泼之态,却又不是未经人事之处女。出身亦不甚高贵。那么她到底有什么好处,故能如此牵惹我心呢?"反复考虑,自己也觉得不可思议。

也许在爱情面前,所有人都变得不可思议。

粥熬好以后,订的外卖也到了。书昀听到门铃声想要去开门,陈天瑜道:"你不要忙了,我去吧。"

她把东西拎进来摆在桌子上,便叫宋书昀过来坐下:"你不要给江律师添麻烦啦,快点过来吃点东西,刚醒来肚子里肯定空空的,不过也不要吃太饱,先吃一点吧,等饿了再煮夜宵好了。"

宋书昀显然有些不好意思,忙走回客厅,按照陈天瑜的吩咐乖乖吃起饭来。而江云靖又端了两个菜从厨房出来,挨着宋书昀坐下。

对于宋书昀来说,风雨大概已经结束了。

> 如果你觉得你被抛弃,找不到离开黑夜的路
> 你开始憎恨这个世界,这个只给别人幸福的世界
> 请你不要忘记,在雪地里曾将快被冻死的枝条上
> 在春天会开出一朵无比美丽的玫瑰

第二十一章

宋书昀没有跟别人讲起这几天昏睡中自己都在想些什么,在众人眼里甚至包括她的心理医生陈天瑜,都不曾了解她这几天的改变如同经历了一次翻天覆地的蜕变。

而这次脱胎换骨的蜕变只与一个人有关,那就是江云靖。

在医院的每一天她都记得,虽然没有睁开眼睛,但她都能感受到。比如抱着她一路奔跑时江云靖不断加快的心跳,那怦怦的声音击在她的心上,让她每次靠近他时都能想起那有力的跳动。

后来,江云靖干脆把电脑带到医院衣不解带地照顾自己,怕护工笨手笨脚弄疼了自己,都是他亲自用温热的毛巾帮她擦脸擦手。有一次甚至在她输完水后打来热水给她洗脚,抱着她的脚轻轻地捏着做足底按摩,那种感觉真的好舒服。

怕书昀躺得太久会影响血液的流通,等护工来了,江云靖就让她给书昀做一下全身按摩,就连查房的护士长过来时也会夸赞他几句:"你对女朋友可真贴心,有的男的来了只会怪我们医生护士根本不懂得怎么照顾病人,要是都和你一样,我们这里的大夫都要乐开花了。"

那天宋书昀虽然没有睁开眼睛,却潜意识里反握紧了江云靖的手,让他感觉到自己的心意。而因为疲劳趴在床前打盹的江云靖被她这一握,立刻惊醒了,反复看着那纤细的手指是否真的在握紧自己,等他确定这不是幻觉后忍不住高兴地喊道:"医生,医生,快来,她在动了!"

闻讯赶过来的医生立刻给宋书昀做了全身检查,然后对江云靖道:"她的身体状况是没什么大碍的,至于一直不肯醒来,可能是自我的催眠,等她自己想醒过来时自然就会有反应了。"

江云靖知道是自己这几日不断跟她说话加按摩起了作用,这下更是没事就握着她的手轻声说很多话,自己童年的趣事也好,工作中遇到的各种故事也好,都轻声地说给她听。

然而整个病房里,大家最喜欢的就是听他唱歌了,只要江云靖低声唱歌,大家都会逐渐安静下来,生怕一个突兀的杂音会影响到他的歌声。他唱得最多的是许巍的歌,缥缈而空灵的感觉被他掌握得十分到位。

就在大家一致认为江云靖是病人男朋友的时候,医生却拿着一份需要家属签字的协议过来了:"这份协议需要病人家属或者监护人来签字,为什么病人的父母迟迟没有来?还有,你是她男朋友吧?"

江云靖看了一遍协议便道:"我给她母亲打个电话征求下意见,倘若她不过来签字那就我来签吧,我是她的监护律师。"

医生觉得他签字有些不妥,但看他对病人一片深情,想着也不是危及生命的事情就不再犹豫了,递给他协议书就去忙自己的了。

之前江云靖曾与宋金春有过私下交涉,遂存了她和她助理的号码。江云靖拨通宋金春的电话,但一直无人接听,这让江云靖颇感意外,又去拨了她助理的号码,开始是无人接听最后就直接无法接通了,显然对方并不想跟他沟通。江云靖一阵恼火,看着病床上还昏迷不醒的人，心道："天下竟然有这么狠心的母亲。"最后心一横在协议书上写下了自己的名字，送去医生办公室时，又被问及是否是病人的男朋友，江云靖不假思索地道："对，我是她男朋友，如果有什么问题尽管找我就行。她父亲不在国内，母亲跟她不亲近，所以目前来说这些事还是听我的吧。"

医生听了他的话便不再言语了，毕竟这是人家的家事。

宋书昀是在做了脑磁波后的第二天醒来的，江云靖正在用电脑回复邮件，却蓦地听到其他病人一声惊呼："快看，你女朋友醒了！"他侧身回转，正对上一脸迷茫的宋书昀。

"这是医院吗？"宋书昀想了一会儿，好像记起来自己这几天一直待在医院。

"睡了这么久累不累？"江云靖竟不知说什么话来安慰她。

"我想回家。"

"让医生检查过后我们就回家。"

所幸宋书昀的身体没什么大碍。就这样，江云靖抱起虚弱的宋书昀离开了医院，路上遇见前来探望的陈天瑜。这便是以往的经历了。

宋书昀想到这里心里一阵温暖，江云靖对自己的好，她全都知道，所以当天晚上她便把姜海伦留在南京的旧物全部打包交给了陈天瑜，让她走时顺便帮自己带回去寄到兰州或做其他处理，从此就真的两不相欠了。

"这次想通了吗？"陈天瑜走时悄悄地问宋书昀。

"睡了这么久，好多东西都记不起来了，医生说这是选择性失忆，但我记得是谁在医院里衣不解带地照顾我。"

陈天瑜听到这里十分欣慰，伸手揉揉了她的头发，道了晚安才驱车离开茶壶湾。

"陈医生对你更像好朋友，一点不像普通的病人和医生的关系。"

江云靖不知何时站在了门口。

"是呀,我也觉得自己遇到她以后变得豁达了很多。"宋书昀冲着身后的人扮了个鬼脸就跑进了屋子里去。

江云靖看了眼时间才8点多,决定多陪她一会儿再走。桌子上的杯盘已经被书昀收到厨房了,听到厨房传来水声,他急道:"你刚好,不要乱动,碗筷放在那里我来洗就行,快到沙发上坐好。"

宋书昀心里虽然欢喜他这样关心自己,却又觉得只是昏睡了几天,医生也说没有大碍了,自然就没必要太娇气了。

"我来洗吧。"江云靖不由分说地把宋书昀赶出了厨房。

一阵叮叮咚咚的刷碗声音,听着竟十分悦耳。宋书昀没有跟江云靖提过任何关于姜海伦的事情,她决定把这些都封在心底,从此永不见天日。而江云靖又是何等聪明的人物,早就把她没有说出来的话看透了,却是更愿意宠爱着她,只要她愿意。

江云靖接到陈天瑜从兰州打来的电话时,他便一刻也坐不住了,等飞到兰州才发现想找到宋书昀谈何容易。倘若不是姜家人扣留了陈天瑜和秦岑阳,她也许根本不会给自己打电话,自己也无法明白这次是真的动了心,也不会发现,找到她时那种满足而欣喜的感觉会如此强烈。

第二十二章

去年,有一部叫作《北上广不相信眼泪》的电视剧让秦岑阳印象深刻,因为当时他还在报社的娱乐版当记者,为了写好评论他特意追剧来看。

关于爱情,秦岑阳始终没有那种绝望的感觉,或许是南京的生存环境不同于北京,又或许是秦淮河历经千百年的风吹雨打,依旧如同一个节烈的少女,让土生土长的南京人骨子里都有一些对爱情的坚定不移。

就算当初安泠抛弃自己去了德国,秦岑阳也只是对她失望而已,从未对爱情失去信心。当陈天瑜出现在眼前时,他才发现爱情或许才刚刚开始。

斯人若彩虹,遇上方知有。

秦岑阳的爱情大抵如此。

这几天,报社开了一个新专栏,让秦岑阳撰写关于南京景点的宣传文章以及古金陵的传奇典故。

在写关于桃叶渡的故事时,他突然很想去看看那个地方,就打电话约了陈天瑜一起去游玩。因为不是周末,景点的人不多。两个人没有乘船，而是在岸上沿着河一直往前走。临近晌午的天空晴空万里，阳光照得河水澄明，水涯上的灯笼参差排列。路上还有今年新栽种的花木，远远看着五彩斑斓，间或有游人，立于树下拍照，也别有一番风味。

秦岑阳带着相机按照喜欢的角度拍了不少照片，其中也有让陈天瑜充当游客来衬托景色的。彼时陈天瑜仪态大方，声音也异常清脆和润，见者无不驻足凝视。

"你是我见过最入镜的路人甲了，那景色都被你衬托得格外好看了。"秦岑阳忍不住赞叹道。

"我就当你在夸赞自己摄影技术好了。"他随时随地的糖衣炮弹袭击，显然让陈天瑜很受用。

秦岑阳又拍了几张，过来挨着陈天瑜道："我用手机给我们拍个合影呗，你看拍了半天竟然连个合影都没有，岂不是辜负了如此美景和佳人。"

陈天瑜虽然嘴上怪他油滑，但还是乖乖地站着让他拍照。秦岑阳先是挨着拍了一张，又教给她两个人比心的动作拍了一张，嘟嘴卖萌再来一张，竟乐此不疲。

两个人嬉笑一番却不觉已是午饭时间了。陈天瑜说口渴，秦岑阳忙去不远处的景点买饮料，路上忍不住又看看刚才拍的合影，顿时感慨："平时所思只此一人罢了。"

忽然灵光乍现似的，秦岑阳想着平日两个人虽然能感觉到情意相投，可是终究没有表白，也未正式交往，不如趁今日把话挑明了，也免我日日忧思澹澹。

很快就到了超市，他随手买了一瓶矿泉水和一瓶果粒橙，继续琢磨着怎么开口，思索一下便将刚才拍的合影和桃叶渡的几张景色照传到朋友圈，配了一段诗文道："桃叶复桃叶，桃树连桃根。相怜两乐事,独使我殷勤。"

甫一发出便有人点赞,竟是安泠。秦岑阳微皱眉头有些纳闷,自己平时许多动态从不见她点赞,还直当她屏蔽了自己,虽然很久没有联系了,但此时看到她的头像多少有些不自在。但转念一想,既然分手这么久了,又何必纠结这些东西,就不再深思,一心只想着待会儿见到天瑜如何开口表白。

此时,陈天瑜因为贪恋这边的风景不时用手机拍照,而一旁正倒映在水上的模样远远看去似仙人一般。对岸玩耍的女童对身边父亲说:"在那边的那个姐姐长得真好看。"陈天瑜听到后对着她一笑。她欢快地叫着,大概她父亲觉得尴尬,拉着女孩赶紧走开了。"在看什么呢?"这时秦岑阳已经回来了,他一边问,一边走近天瑜身边来,其声音非常温柔脉脉。

陈天瑜对他说:"刚才对岸有个小女孩夸我好看呢,不过被她爸爸拉走了。"

"你本来就很好看呀。咦,我刚才把今天拍的照片发了几张在朋友圈你也不给我点赞。"说这话时语气十分亲昵,眉眼却含着笑将刚买的果粒橙递给陈天瑜。

"我刚才没看微信呢,我去看看。"陈天瑜划开手机,点进朋友圈果然看到他刚发的照片,还有诗,心念一动,这样亲密接触的照片他发朋友圈是想怎样?

"天瑜,做我女朋友吧,我想跟你在一起,我会做饭,会尽最大的努力让你每天过得都开心快乐。本来该有一束鲜花的,但我等不及回去买花了,这是我在那边摘的花,还有这个,是我小时候就一直带着的玉,就当我们的定情信物好不好?"秦岑阳一鼓作气把想说的话全部说完了,脸竟红起来,像个羞涩的小男孩。

陈天瑜没有接他的花和玉,只是定定地看着他,时间一秒一秒地过去，让秦岑阳感到无比不安，有些倔强地看着她的眼睛，不肯收回伸出去的手。

"我还以为我们一直在交往，原来你才开始呀。"陈天瑜忽然笑眯眯地看着他说道，像一只狡黠的猫。

"我的天，我是多没有安全感才非要你答应了才敢说你是我的人，你不知道我刚才有多紧张，我怕我缺点太多把你吓跑了。"秦岑阳几乎是用勒的方式把陈天瑜紧紧抱在怀里的，生怕被人抢走了一般。

"爸爸你看，那个姐姐被坏人欺负了。我们喊警察叔叔过来呀。"对岸的父女不知道什么时候又回来了，小女孩大声嚷着。秦岑阳听到了，不由得面上一红放开陈天瑜，却又搂住她的肩膀对小女孩喊道："小朋友，谢谢你啦，姐姐没有遇到坏人，而是爱人喔。"说完，冲对岸露出一个迷死人不偿命的微笑。

"爸爸，哥哥也长得好好看，肯定不是坏人。"小女孩嘟囔着，她父亲则一脸黑线。

照片拍了很多，秦岑阳还是意犹未尽。他实在太开心了，仿佛这里的景色因为陈天瑜的一颦一笑变得格外迷人。后来终于意识到女朋友可能累了，就忙不迭地拉着她去吃饭。

时光已是深秋了，除了桂花还有蟹子，因为有了陈天瑜在身边才不觉得光阴虚度。秦岑阳这样想着，忍不住嘴角又微微翘起来，午餐除了螃蟹还有几个寻常南京菜，两个人不是第一次在一起吃饭，却是意义不同的。就像秦岑阳说的，从今日起她便是他的人了。

第二十三章

陈天瑜大学期间曾和一位学长相处过,两个人关系最暧昧时男生经常约她一起吃饭,还画了很多画给她,等她认为两个人在一起是水到渠成的事情时,半路突然杀出来了一位学姐倒追学长,之后学长就和学姐在一起了。

陈天瑜从那以后几乎不对任何男生动心,倘若秦岑阳一直不表白,她也不会主动往前一步,那是她的自尊,她无法像其他的女生一样任性地表达出自己的感情。

"你爱秦岑阳吗?"从桃叶渡回来陈天瑜时常这样问自己,手不自觉摸摸脖子上带着的他送的那块家传玉。

爱是什么,即使聪明如陈天瑜也说不清楚,但她不讨厌秦岑阳的亲近,那次在兰州的亲吻其实是她的初吻,至今想起来都会有点心慌意乱。也许,也许这就是爱了吧。陈天瑜这样想着又有些茫然,毕竟这么久以来自己都是以旁观者的角度,去看都市里悲欢离合的男女们,不想自己竟未免俗,也会与人谈情说爱。

有一段时间,陈天瑜特别喜欢看《源氏物语》,尤其对那句"不需特别深解情趣的人,只要有普通一般程度的对象也就好了"深以为然。对于她来说，秦岑阳显然是符合深解情趣这点的，若是普通女孩子用事业如何来衡量他或许不及格，但情趣是满分的。

想到他每天热衷于发现好的食物、好的风景、好的人事，乐观积极地走遍旧金陵的每个角落也是一件十分开心的事情。

然而令陈天瑜吃不消的是，自从收了他的定情信物，并把自己最喜欢的一枚玉章回赠给他后，秦岑阳每天都像吃了蜂蜜的熊宝宝，露着憨憨的笑容等在她家楼下，逢人问起便说我在等我女朋友，我女朋友就是四楼的陈天瑜之类，唯恐附近的人不知道他们恋爱的事情。

陈天瑜在一次午餐时旁敲侧击地说道："其实你不用每天特意过来接送我上下班，我自己开车过去就行，你不是还要写关于南京风貌的文章吗？留点时间给自己呀。"

秦岑阳感到很开心，他觉得陈天瑜如此关心自己的事业是爱的表现，便道："你不用担心，这个对我来说都是很简单的事情，我最近不但写文章才思泉涌，写诗也特别有感觉。昨天我在一个论坛看到一个帖子说，时下的大学生都开始流行写诗写信了。亲爱的，我觉得自己这么好的文采不能浪费了，从今晚开始我就每天沐浴更衣后认真给你写诗和情书，保证第二天它们可以安稳地出现在你的办公桌上，想想都是很浪漫的事，你也可以给我回信，我十分期待的。"

陈天瑜扑哧一笑，用手点了一下他的额头道："你怎么这么可爱，好啊，你写得好我才会给你回信，不然就不回。"

倘若不是已经进入10月，西风开始吹得冷了，陈天瑜几乎疑心在春天里迷路了，每天都是繁花似锦温言软语，这样的幸福来得太快太顺利，总让她有些隐隐的不安，也许是职业病在作祟。但她也常告诫自己，太美好的东西必然会有一番曲折的经历。秦岑阳却并不知道她的不安，竟似个孩子每天在朋友圈晒美食美景，偶尔委婉地秀恩爱。

接到安姣然电话的时候，陈天瑜总算想通了自己不安的源头，果然没有谁的爱情是向着阳光自然生长的。

兵来将挡，水来土掩，这是自古就有的道理，陈天瑜一点不害怕她搞事情，知道了不安的源头反而淡然了。

"听说你跟我哥哥在一起了？"安姣然傲然坐在对面，咖啡摆在面前她一动未动。

"在一起了。"陈天瑜笑着答道。

"你们在一起不会长久的，我劝你还是早点放弃吧。"安姣然继续冷漠脸。

"那是我们自己的事，小姑娘要有点自我约束的觉悟呀。"陈天瑜继续笑。

安姣然自知语言攻击达不到效果就改变方针，为了掩饰自己的不耐烦，像模像样地喝了一口咖啡又道："不知道我哥哥有没有跟你说起过他以前的感情经历呢？"

"你得先问问我感不感兴趣不是？咳咳，我真不感兴趣的，你觉得一个心理医生会看不透这些吗？"陈天瑜笑得越发好看了。

"你……"安姣然还没有开始讲，就被陈天瑜堵了回去，心里十分恼火，蓦地指着她道，"等安泠姐回来，有你好看的时候。"话毕转身离去。

看着她气鼓鼓的背影，陈天瑜有些好笑，小姑娘的心思被她看得一清二楚，也许她是真的不看好他们走到一起。

安姣然刚走不久就接到秦岑阳的电话，他语气紧张地问道："你没事吧？那小丫头没欺负你吧？唉呀，我就知道她不是个省油的灯，警告她很多次居然还敢找我麻烦，等我见到她一定好好训导她，你可千万别听她胡说八道，不要生气呀。"

陈天瑜不由得笑出声来："我哪有那么弱会让人随便欺负的，

我们只是在一起喝喝咖啡聊聊天，不要担心。"

"天瑜，我不知道她有没有跟你讲我以前的事，倘若你想知道我都愿意跟你说清楚，不要去听她说的那些好不好？而且都是两年前的事了，我早已放下，我的心里只有你，从遇见你那时起，我才明白爱不只是喜欢……"秦岑阳忽然一本正经地说道，即使隔着手机屏幕，他的郑重其事也能让人感受得到。

第二十四章

离开咖啡馆后,陈天瑜有些乏累,就直接开车回家了,路上又将安姣然说的话想了一遍,不由得觉得好笑。

陈天瑜从来不觉得自己是一个大度的女人,但也不小家子气,所以对于秦岑阳的过去她从来不问,也不会去想太多,毕竟那段时光里没有自己,甚至旁观也不曾,如同自己过去的二十几年他也同样没有参与一样。重要的是,未来两个人可以一起走。

下午的时候,秦岑阳还是不放心,又巴巴地赶到了陈天瑜家里,好在没有看出她有什么不愉快的。倒是陈天瑜始终轻描淡写的,让秦岑阳很久都没能反应过来。原本想象中的是,女朋友一个人坐在办公室里,内心肯定会被安姣然的突然袭击伤得有些刺痛。好在他马上意识到,自己找的是一个与众不同的女朋友。

"我昨晚睡觉前想给你打电话的,后来想你可能睡着了,今天早上做的那些吃的你喜欢吗?"秦岑阳低声温柔地问道。

陈天瑜莞尔一笑:"傻瓜,当然好吃。咦,昨晚你想打我电话是找我有事吗?"

"就是想跟你说我这个表妹有点神经过敏,唉,怎么说呢,她就是不喜欢我跟别的女生交往。"秦岑阳虽然感到很为难，但还是说了出来。

"你……表妹……喜欢你呀？"陈天瑜想了想，这个可能不是没有的，很多人小时候接触的唯一异性小伙伴就是自己的表哥表姐之类的，能生出感情来也不是不可能的。

"那倒不是，我以前吧，跟她堂姐安泠恋爱过，后来人家去了德国就跟我分手了，开始我是有点难过的，但日子久了就放下了。姣然很崇拜她堂姐又喜欢黏着我，所以安泠出国后她就一直看着我不许我跟其他女生亲近太多，而且我在遇见你之前也对其他女生没啥心思，就由着她胡闹。"秦岑阳偷偷瞄了一眼天瑜，看她没有生气又继续说道，"不过，从我喜欢你的那一刻起，我就决定不再让这小丫头捣乱了。"

陈天瑜莫名觉得感动，虽然自己对他已经交付真心，从前只觉得他性格随性散漫有些天真烂漫，如今却是小事散漫，对待原则性的问题却一丝不苟。

"过来。"

秦岑阳愣了一下还是乖乖过去了，始料未及的是，陈天瑜双手绕着他的脖子就吻了上来。

这一下让他整个人如入梦境，紧紧地将陈天瑜禁锢在怀里。

陈天瑜何曾有过如此激烈的经验，一时意乱情迷，感觉之甚前所未有，莫可言喻。

高高的窗帘下，夕阳的斜晖洒在屋子里美不可言。和着美人低诉之声，宛如深谷中随风飞舞的红叶。

秦岑阳没有想到陈天瑜竟是处子之身，事后有些心疼地歉疚道："都怪我弄疼你了，以后我要好好补偿你，你躺着别动，我去厨房给你做点吃的。"

陈天瑜点点头让他去了，拥着被子还有点不太相信就这样把自己交付出去了，摸摸滚烫的身子又忍不住脸红起来。

在爱情里，每个人都尽量以最美妙的姿态出现，会自然而然做到在爱人面前妩媚之极，令人沉沦。而陈天瑜虽然并未有什么恋爱的经验，但她的魅力就仿佛洒在窗帘上的红色晖光，尽情散落在秦岑阳的世界里。

厨房里还在忙碌的秦岑阳忽然很贪恋这种给爱人做饭的感觉。

"其实我也会做饭的。"陈天瑜已经穿好衣服站在他身后，有一瞬间，秦岑阳以为她会像猫咪一样走过来从身后抱着自己撒娇。这个场景三年前有过，但她没有这么做，而是熟练地系好围裙挨着他问："还有什么要做吗？"

"嗯？把那几棵香菜洗了吧，在这之前嘟嘴扭脸。"陈天瑜听他这话有些奇怪，果真扭脸看他，却被他亲了个正着，"快点洗吧，傻媳妇只会发呆呢。"

陈天瑜哭笑不得，忙把香菜洗完并切好放在碗里："你都做了什么呀？我家冰箱可没多少食材了。"

"一份糖醋排骨，一份西红柿炒鸡蛋外加一个紫菜汤。"

"不错不错，都是我爱吃的，老实交代，是不是整天不工作就知道研究吃什么了呀？"陈天瑜打趣道。

秦岑阳一边炒菜一边说道："还不够准确，我是工作之余都用来研究你爱吃什么了。"

陈天瑜大为感动，今天的空气肯定是棉花糖做的，她这样想着。

"好吧，既然如此爱我，为了打赏你的热情，我决定以后你给我的每封信我都回一下。"陈天瑜洗完手看着他认真说道。

秦岑阳放下手上的碗，过来抱了她一下道："我爱你，很爱很爱。"

陈天瑜本意也想热烈回应一下的，却怎么也说不出口，于是笑着躲开，跑到客厅的沙发上坐着。

那天晚上秦岑阳没有回家，吃完饭两个人一起坐在客厅里看电影。

次日刚好是周末，秦岑阳不用上班，但依然早起做好了早餐，然后过来叫天瑜起床。陈天瑜看着自己手臂上的草莓印记，颇觉难为情，丢了个枕头给他："都怪你，我今天可怎么出门呀。"

两个人正在嬉闹，忽然门铃声响起，陈天瑜大窘："我这里轻易不来客人，怎么你一留宿就有人来了呢？这可怎么办？"

"你去开门吧，看看是谁，不要担心啦，没人会因为你把男朋友留在家里而投诉你的。"秦岑阳捏捏她的鼻子，示意她穿好衣服去开门。

陈天瑜忙套了一身家居服，随手拢了下头发跑去开门。

第二十五章

"爸,妈,你们怎么过来了?"当陈天瑜看清楚门外的人后,吓得魂飞魄散,立刻就要关门拒客,却听里面传来:"谁来了呀?"

砰——

听到女儿家里传出男人声音的陈清缘,不顾女儿的极力阻拦,粗暴地推开了房门,而身后跟着他的是,差点吓出心脏病的娇妻徐美美。

"浑小子你是谁?怎么在我女儿家里?"陈清缘的反应暴跳如雷。细想一下这也不怪他,自己辛辛苦苦培养了二十多年的宝贝女儿,一个不留神就被人拐跑了,世上的父亲大抵都会有这样的怒气爆发。

一只手拿着黄瓜一只手拿着菜刀的秦岑阳被这声怒喝吓了一跳,忙把手上的东西放在案板上,双手在围裙上擦了擦满脸堆笑地迎了出来,余光则落在脑袋被门撞到,蹲在门后揉额头的女朋友身上,不由得大为心疼,忙跑过去问:"疼不疼?来,我给你揉揉。"

两人目光才一相接立刻电光火石,秦岑阳立刻领悟了她的意思,翻译成文字版就是:这是我爸,你丫小心点说话,要谨慎不要乱讲,凡事看我眼神行事。

"爸、妈,我给你们介绍一下,这是我的男朋友秦岑阳。"陈天瑜一脸谄媚地看着父母，伸手拽了下愣在一边的秦岑阳。

秦岑阳立刻醒悟过来，一脸讨好地走到陈氏夫妇面前来了个九十度大弯腰，乖巧地说道："叔叔阿姨好，我是天瑜的爸爸……"

啪的一声，陈天瑜直接拍在了他后背上，又觉得在父母面前失仪了，连忙又拉了一把秦岑阳，皮笑肉不笑地低声问他："你知道你在说什么吗？"

秦岑阳这才意识到自己因为紧张说错话了，忙不迭地解释道："那个……叔叔阿姨……你们突然过来让我太激动了，有点言不达意，你们不要怪罪，我正在做早饭，你们等我一会儿，马上就可以开饭了。"说完话，他就直接钻进厨房忙活起来，不敢再出来了。

陈天瑜瞥见父亲脸色已经比刚进来时缓和了些，忙过去拥着两位老人家坐在沙发上试探性地问道："爸、妈，你们来南京怎么不提前给我打个电话呀，我好开车去接你们。"

"哼，打电话？打电话我们能发现你这个死丫头竟然背着我们谈恋爱还同居了？"陈清缘内心虽然明白现代社会的年轻人谈恋爱同居早已不是什么大事，但一想到这个人是他的宝贝女儿他就无论如何咽不下这口气，那小子看上去居然呆头呆脑的，女儿这是怎么回事？居然能看上他，气死了！

"咳咳，老陈，我觉得这小伙子人不错，长得阳光好看，你看还会做饭，闺女眼光还行。"徐美美跟丈夫的想法不一样，她觉得找女婿一定要找个会疼人的，这样以后闺女才不会受委屈。从刚才一进门就看见他在厨房忙活，而女儿显然是刚起床的样子；女儿被门撞了他立刻跑过来查看有没有大碍，关心之情溢于言表。更重要的是，这么温柔体贴的男生居然长得还挺好看，这岂不是十全九美了？女儿真是会挑男朋友，怪不得前几年一直单身，原来是为了不将就呀。想到这里，徐美美在心里又把女儿和未来的女婿夸赞了一番，越想越开心。

"你不要帮着她说话,今天要不是我们突然想来看看她,都不知道死丫头打算瞒我们多久呀。"陈清缘还是生气,就是生气,怎么都是生气。

"不是故意瞒你,我本来想着等过几天休个小长假带他去北海看你们的,没想到你们会来南京嘛。"陈天瑜赶紧解释,唯恐老爷子的火气越来越大。

陈清缘本来还想说些什么,无奈娇妻和爱女都不停替那小子开脱,说尽好话,他这才慢慢消停了。

"叔叔阿姨吃早饭吧,我今天多做了一些,你们也尝尝。"秦岑阳从厨房里端出来粥和几样小菜,看上去十分可口,卖相不错。

"老陈,快点尝尝看,我觉得不错。"徐美美拉了一下老公的衣服示意他尝尝。

陈清缘这才拿起筷子决定尝一下,即使他再挑剔也不得不承认这小子的厨艺甚至比徐美美的还要好,想到今后如果女儿嫁给他也不会没有饭吃,心又软了下来,转身看到秦岑阳还在厨房忙碌便道:"别忙了,你也过来一起吃吧。"

秦岑阳一听老爷子口气缓过来了,瞬间心花怒放,但表面上还是很矜持地坐在陈天瑜旁边。

翁婿第一次见面,吃饭档自然就变成了审核档,只听陈清缘问道:"你做什么工作的?"

"目前是都市报的一名记者。"

"父母也是南京的吗?"

"我们家世代在南京生活,爸妈是生意人,平时比较忙,我一个人住。"

"哦?那令尊做什么生意的呀?"

"好像是钢材之类,我对商业不感兴趣,对这些没有关注过,偶尔回家陪他们一起吃饭，他们在家里极少谈到生意上的事。"

徐美美听到这里已然估算出秦家门第并不差，心情也跟着一阵欢喜一阵忧的，喜的是他虽然出身不错，却肯自己脚踏实地工作，父母不在家又练得一手好厨艺，可见这是个独立自主又温柔体贴的男生。忧的是自己女儿脾气一向耿直，如何跟生意场上摸爬滚打过来的婆婆相处，万一被他父母嫌弃，家庭不睦终究是个大麻烦。

陈清缘的想法则完全不同，他不知道都市报记者是什么样的工作，内心里偏颇地认为跟那些娱乐记者没什么不同，就不是很赞同他的工作，既然女儿没有什么意见他也就看开了，其他的全然不在意。

本来两个人的周末一下子变成了四个人的周末，对方还是女朋友的父母，这让秦岑阳有点手忙脚乱，但他很快就淡定下来，不断地告诉自己："既来之，则安之。"

吃过早饭后，陈清缘提出先跟妻子回老房子收拾一下，打算多住些日子，等天冷了再回北海。陈天瑜一边附和一边询问要不要过去帮忙，却遭到了父亲的拒绝："不用帮忙了，我跟你妈也没什么事，家里也不脏，稍微打扫下就行。你跟岑阳去帮我买几盆花送过去吧，总觉得不养点花日子太清闲。"

"好啊好啊，我们这就去。"陈天瑜仿佛得了特赦令一般回房间换衣服去了，临走时嘱咐秦岑阳等他片刻。

趁女儿不在，徐美美又仔细询问了一些秦岑阳家里的事情，实在没得问了，又开始询问起两个人交往的一些细节。就在秦岑阳略感窘迫的时候，陈天瑜及时出现了，拉起他就跟父母说了再见，徐美美虽然有心继续套问他的话，但也只好随他们去了。

"怎么出来这么快？"刚一出门秦岑阳便迫不及待地问道。

"当然是因为我妈的性格了，如果不及时闪人，恐怕她会连你家厨房朝哪个方向都会问的。"陈天瑜有些无奈地摊手说道。

第二十六章

陈天瑜一向不爱往热闹的地方走,况且今天被父母撞见留宿的秦岑阳后,心情一直郁郁寡欢。但是秦岑阳并没有这样的顾虑,看她不开心道:"看你出来一趟怎么一副好没趣的模样?要是觉得这边市场人多,我带你去个地方吧,是以前拍照发现的养花基地,不会让你觉得乏味的。"

陈天瑜知道他不能体会自己的微妙心理,便不再说话,任由他拉着离开花市,路上行人颇多,秋末的菊花最常见,一簇一簇地被摆放着供游客挑选。

"这些花真可怜,也不能选择自己的主人。"秦岑阳突然说道。

这话也正是陈天瑜心中所想,被他道出不由得一怔,适才觉得自己心情他不能察觉的郁闷一扫而光,原来只是不说出来,却是懂得的。

"这种感觉不能往深处思量,容易抑郁。"陈天瑜故意换了一副轻快的语气笑道。

看她露出了笑容,秦岑阳伸手揉了揉她头发道:"在这里等我,我去停车场把车开出来。"秦岑阳是背着阳光走出去的,影子斜斜地在地面上拉得很长,陈天瑜看着他的影子一时痴住。

今天的停车场异常拥挤，秦岑阳久去不回，陈天瑜想着过去寻他，然而没有走到地方就被人抓住了手臂："抓到你了，我要你给我的孩子抵命！"正在踌躇不决的陈天瑜忽然被这凄厉的声音吓了一跳，抬头发现撕扯她的人正是姜海伦的妻子刘雅。

"你想干什么？"陈天瑜愕然地看着她道。

"我要你还我儿子的命来，如果不是你这个狐狸精出现，我们一家人也不会变成这个样子！"刘雅的力气极大，拉扯着陈天瑜就要向旁边的一栋楼走去，路上不断有围观的群众窃窃私语。

"这是原配要惩治第三者？"

"长得这么有气质居然去当第三者，真是人不可貌相啊。"

"也许是上位成功后前任跑来报复吧？"

……

刘雅的力气特别大，一路上几乎是拖着陈天瑜，愤恨之余对她也不怜惜，长指甲在她的手臂上留下几道深深的抓痕，血丝渗出，触目惊心。

终于在顶楼的阳台上停了下来，刘雅看着一望无际的城市天空对陈天瑜说道："我来南京前就已经想好了，找到你和你同归于尽，既然孩子也没了，余生也就没什么意思了，我要你跟我一起下地狱。"说到最后，刘雅已经近乎疯狂地用双手掐着陈天瑜的脖子，扼着的力道大到让她喘不过气，痛不欲生。

楼下聚集了很多围观的市民，已经有人报警，没多久就听到警车和消防车的声音。而从停车场出来的秦岑阳找不到陈天瑜，便拨打她的手机，却是无人接听状态。

秦岑阳一阵焦急，又把车停在一家超市门口，反复拨打陈天瑜的手机，依旧是无人接听，路上看到很多人往另一个路口聚集，细一听有人说道："那边楼顶有人吵架，好像是原配来找第三者报复，不会出什么事吧？我们过去看看。"

秦岑阳看着人多的地方心想，天瑜会不会去那边了呢？人声鼎沸才听不到手机铃声，想到这里他便也往那边去，路上不停地到处张望有没有陈天瑜的影子。

"哎呀，快看，那女的要把另一个女的推下来！"

众人纷纷抬头望向前面的楼房顶层，只见刘雅已经情绪失控，将陈天瑜使劲压在楼顶护栏上。陈天瑜大喊大叫地反抗着。惊心动魄的这一幕直看得楼下市民紧张不已，惊呼声不断。

秦岑阳此时也看到了上面的情形，立刻惊了一身冷汗，拨开众人冲向楼里，一颗心已经跳得快如擂鼓，这十几分钟的时间在当时感觉竟有一生那么久。

"你听我说——"

陈天瑜试着开口跟想要她性命的女人进行沟通。

刘雅根本听不到外界的任何声音，她的神志开始涣散，只有一个念头支持着她的行为，那就是杀了她给孩子报仇。

"刘雅，你知道我是谁吗？"陈天瑜苦笑着问道，从她今天突然出现的精神面貌可以推断，她应该是把自己当成了宋书昀了。

"宋书昀，你不要装腔作势了，我不会忘了你的！"刘雅提到宋书昀三个字时恨意剧增，一只手按住陈天瑜，另一只手在她脸上啪啪甩了几个巴掌。

陈天瑜自回南京后一直闭居不出，茶壶湾那边也久未去，不想今日竟为宋书昀一事命轻于此。忽念及书昀平时待自己如同亲姐姐，今日倘若真是她本人受这般侮辱恐怕承受不住。但照宋书昀的性情推理起来，对自己今日替她遭受的难堪定会万分内疚，想到这里颓然一笑。

秦岑阳赶到楼顶时，已经有警察赶过来随他一起上来，下面也有消防人员张开气垫防止撕扯中的二人掉下来。

第二十七章

"姜太太,天瑜跟你无冤无仇,为什么你要一再为难她?"秦岑阳隔着一段距离喊道。

刘雅看到有人过来,立刻把陈天瑜的脖子扼住狠声道:"你们不要过来,否则我掐死她!"说时手已用力,天瑜的脸因为呼吸困难立刻胀得发红。

边上走过来一个四十多岁的警察,拿着话筒喊话劝导,刘雅泪目盈盈,神情恍惚凄惨,把发生的事情全都说了出来,语言虽然颠倒,众人也算把事情弄明白了。

"姜太太,你身边的人并不是宋书昀,她是我的女朋友叫陈天瑜!"秦岑阳忍不住又强调道。

"什么?你不是宋书昀?"刘雅疑惑地看着被她扼住喉咙的女人。

"为什么会变成这样?我要见宋书昀,让她偿命,你们不把宋书昀找来,我就跟她同归于尽,反正我的孩子也没了,家也没了,活着还有什么意思!"

刘雅讲到这里号啕大哭。

秦岑阳见她有所分心便疾步上前，旁边的警察看他一动立刻出手阻止，怕因此会激怒刘雅，但已来不及了。刘雅看到有人过来，用力一推陈天瑜嚷道："去死吧，你们这些狐狸精！"

几乎同时到达的秦岑阳伸手抓去，捞了个空，跟着一起跳了下去。

楼下一片惊呼，秦岑阳于半空中抓住了下坠的陈天瑜，将她护在怀里，只一瞬两个人就落在了早已铺好的气垫上。

因为下坠的势头太大，秦岑阳还是造成了右手臂骨折，而被他护在怀里的女人仅仅只是轻微脑震荡。

救护车很快将两个人送去了医院，而顶楼上的警察也已将愣住的刘雅控制住，带回了警察局。楼下围观的市民随着警车的离去也慢慢散开。风一吹，街道上飘起了阵阵花香，仿佛之前的插曲从未发生。

"你在看什么？"刚醒来的秦岑阳有些懵懂地问死死盯着自己看的陈天瑜。

"呼……吓死我了，我就害怕你会一直睡。"陈天瑜忽然像个孩子似的先是瞪着秦岑阳，复又害怕失去似的伸手在他脸上爱抚。

秦岑阳昨日虽然已经跟她情意绵绵，但今日又经历了生死与共，这恩爱更是常人不可描述的了。

"太傻了。"秦岑阳笑着坐起身来，心里面却是十分欢愉的，对他来说，眼前的女子一颦一笑都是看不够的。

陈天瑜并无大碍，看着秦岑阳受伤的右臂，有些埋怨他当时冲动不该跟着一起跳下来。秦岑阳忽然道："刘雅既然到了南京，那姜海伦是不是也到了？看她的样子，应该是失去了孩子才造成的神经错乱，这和姜海伦会不会有什么关系？"

"这些不好说，我已经跟江律师通过电话了，让他看着书昀，万一她知道这些事情又胡思乱想，书昀神经衰弱的毛病本来就厉害，就怕再出个什么事。"

秦岑阳听她这样一说，也觉得十分棘手，江云靖与自己是同学，内心自然是希望他过得幸福美满，但看看宋书昀与姜海伦到底是有些纠缠不清的，忍不住担心起他们的感情问题来了。

"你说宋书昀会喜欢云靖吗？"秦岑阳还是忍不住问了出来。

"喜欢是应该很喜欢的，倘若姜海伦能够和刘雅天长地久幸福快乐地生活着，她倒能很快忘了这些旧事，就怕姜海伦过得不好，因为这样会让书昀有'诸事因我而起'的负罪感，到时候怕是为了不影响江律师追求幸福而主动远离他的生活圈子。"

陈天瑜分析得头头是道，不免担心起宋书昀知道这些事情会如何。

因为受伤的缘故，买花的事情就此作罢，陈天瑜已经和母亲说明了事情的经过，为了怕她担心叙述时故意忽略了自己被劫持的那部分。却完全没有想到的是，刚才的事情早已被好事的网友拍下视频传到网上去了，一时间点击率飙升。

徐美美退休以后非常热衷于上网，今天在一段新视频中看到了自己的女儿陈天瑜，这让她大惊失色。虽然之前有接到女儿电话，说是出了点事故不能买花，但并没有提及其他。

看完视频徐美美立刻又给陈天瑜打去了电话，知道两个人只是轻伤并无大碍，才稍微放下心，本意想去医院看看，却被拒绝。陈天瑜告诉她今天就回家，晚上想吃她做的饭，这才让她安心下来。

秦岑阳看着有些焦躁的陈天瑜劝慰半天，知她挂念宋书昀会被牵扯进来，但这是无可避免的事情，想多了也是徒增忧虑。

将近傍晚的时候，陈清缘和徐美美来医院帮他们办了出院手续，看着秦岑阳受伤的手臂，徐美美内心一阵感慨，更加确信女儿找对了人。

秦岑阳早就搬出来一个人独居，发生此事也未通知家里，陈天瑜便让他跟自己一起回去。他本以为不妥却没想到天瑜的父母也表示同意，就不再坚持，堂而皇之地住进了女朋友家里，这对他来说未尝不是因祸得福。

第二日一大清早，陈天瑜就驱车去茶壶湾，对于宋书昀，她想来想去终究不太放心。

路上有些堵车，等到茶壶湾时已经9点多了，10月份的南京天气已经转凉，下车时陈天瑜拿着外套随手穿上，却在外套口袋里发现了一张可爱的小卡片，上面写道："昨夜梦中多少恨。细马香车，两两行相近。对面似怜人瘦损，众中不惜搴帷问。"

笔迹俊秀挺拔，一看就认得出是秦岑阳写的，陈天瑜想到他右手臂有伤有些惊讶，遂打电话问道："岑阳，你的手臂受伤怎么可以写字呢？不要用力过度了。"

电话那端的秦岑阳却云淡风轻道："我怕不活动，这只手会变迟钝的，写几个字不碍事的。早上醒来特别想你，虽然只隔着一堵墙，但我觉得这种思念特别好，之前就承诺一天给你写一封情书，长信不能写了，几句诗写完还不算太累，你就不要担心我了。"

陈天瑜想起自认识秦岑阳以来，他总有许多可爱的想法，更可爱的是，他总能说到做到。

第二十八章

茶壶湾宋家别院大门紧锁，红色油漆门上还有梧桐树的影子来回晃动。陈天瑜拨打宋书昀的电话，却一直处于无法接通的状态，内心一阵不安，千万种想法涌上心头，最担心的问题莫过于她有没有看到今天的新闻。

既然宋书昀的电话打不通，陈天瑜只好给江云靖打了过去，对方很快就接听了。

"喂，你好江律师，我是陈天瑜，现在在茶壶湾，可惜宋家没人，你知道书昀去了哪里吗？"

"书昀早上还到我这里待了一会儿，可能是出去了，应该走不远的。"江云靖在电话里面说道。

"她电话暂时无法接通，本以为你是知道她行踪的。"陈天瑜有些失望地答道。挂掉电话后，她又在茶壶湾走了一遭，没有遇见宋书昀便决定回家去了。

江云靖接了她的电话觉得事情有些蹊跷，心神不定之余，草草处理了手上的工作就去寻找宋书昀了。

茶壶湾那边直到傍晚还是大门紧闭，这不像她的风格，江云靖更加着急,然而她的手机依旧无法接通,又去了宋书昀常去的先锋书店还是一无所获。

"喂,你好江律师,我是姜海伦,书昀现在跟我在一起,她手机没有电了,怕你担心让我给你说一声。"这是一个陌生号码打来的电话。

江云靖一听是姜海伦的声音,顿时警钟大作,心里万分不愿意相信宋书昀是和姜海伦在一起的。

"书昀在哪里?我过去接她回家。"

"不用了,一会儿吃完饭我送她回去。"

"你算什么东西?快点说在哪里,不然我可报警了!"江云靖有些气急败坏地吼道。

电话那端一阵沉默,终于还是报了地址,原来离得并不远,就在出了茶壶湾的南京西路上的一家普通快餐店。

驱车过去时江云靖心里翻江倒海,他愿意相信宋书昀肯去见他是事出有因,但心还是在隐隐作痛,无法立刻原谅她背着自己跟姜海伦见面,倘若她说一声再过来,自己就不会介意。

面对气势汹汹进来的江云靖,姜海伦站起身来似有话要说,宋书昀低着头没有动弹,有些倔强地坐在那里。

"跟我回家。"江云靖拉起她的手不由分说地就往外走,不明就里的其他食客看着这一幕,怕是在脑海里想象出无数的故事情节来了。

姜海伦目送他们两个离开,有些颓然地坐回到座位上,桌子上的菜还一口没有动,刚才没有结果的对话还在耳边萦绕。

"海伦,我不知道离开兰州后你们发生了什么,但我们的情意在我离开的那一刻已经结束了。"

"对不起,我没有想过要你回到我身边,等我找到刘雅会跟她说清楚的，今后我也不想再跟谁在一起了，只要能留在南京时常看到你我就心满意足了。"

"我不会再见你了，今天遇见我的事也请你忘了吧。"

姜海伦此时还没有见到刘雅，也不知道昨天上午发生的事情，犹自盘算着如何找到她，他又怎么能想到刘雅的偏执已经到了入魔的程度，此时早已精神异常。

刘雅离家出走是陈天瑜一行人离开兰州后的第七天，当时姜海伦还沉浸在对未来的一片绝望的心境里，刘雅的咄咄逼问来势汹汹："你说你消失的这几天是不是和她跑出去厮混了？你眼里还有没有这个家，你心里把我放在什么位置？"

姜海伦苦笑道："我心里有没有你你不知道吗？如果不是你设计我，我又怎么可能和书昀分开，以至于她知道我结婚的消息病了好长时间，你知道我看到那个江云靖将她带走我有多绝望吗？你毁了我整个人生，还要问我把你放在心里哪个位置，刘雅你不要太过分了。"

拂袖而去的姜海伦并不觉得自己的话有多伤人，而本来就偏执的刘雅便把一腔的恨意转移到了宋书昀身上，认为是她的突然出现才毁掉了自己苦心经营的家庭。于是，他不顾自己有孕在身的状况竟私自离开兰州坐上了去南京的火车，连夜的颠簸加上神经的高度紧张，刚住进南京的一家旅馆便小产了。

刘雅是被旅馆的工作人员送去医院的，她当时已经昏迷不醒，旅馆老板娘办理好入院手续又支付了医药费，让旅馆的一个服务员留下照看后，自己就回家去了，临走时留了电话并嘱咐医生有什么事及时告知。

至于刘雅后来如何悄悄离开医院的，竟没有人注意，才发生了后面的闹剧。

宋书昀走后，姜海伦本打算直接回宾馆的，却接到了警察的电话：

"你好,请问你是姜海伦先生吗?"

"是我,有什么事吗?"

"是这样的,你妻子涉嫌故意伤害他人,目前在我们局里接受问话,但我们发觉她精神异常,需要家属协同调查。"

听到这里,姜海伦如同被雷击了一般,立刻按照电话那端的指示打车过去了。

见到刘雅时,她有些狼狈地蹲在警察局的角落里。姜海伦被唤到一边接受警察的正常询问,事情的始末弄清楚后,他已然惊得说不出话来。

"鉴于陈天瑜小姐不肯起诉,刘雅女士又患有精神类疾病,你可以把人带回去了,以后看好她,不要再让她一个人跑出来了,这次幸亏人没事,要不然,后悔也晚了。"

姜海伦唯唯诺诺地表示会看护好自己的妻子,负责审理这起意外事件的警察挥了挥手示意他们可以离开了。

刘雅从看到姜海伦那一刻起,整个人才安静了下来,直到他伸出手来对她说道:"我们回家吧。"

刘雅就像个知道自己做错了事的孩子,低着头从后面抱着姜海伦的手臂,跟他一起离开了警察局。

第二十九章

回到家中的陈天瑜接到了江云靖的电话,知道宋书昀无恙,只是去见了姜海伦。

"我觉得在这次事件中我们都是受害者,也都是失败者。"陈天瑜有些颓然地看着在给右臂做按摩的秦岑阳悠悠地说道。

"怎么会?我就是受益者也是成功者,你看因为跟你一起去兰州也罢,一起去买花也罢,最终的结果都使你增加了对我的爱意,这让我无比满足,只要能守护你,你没出什么事,最好能让你更爱我一些,吃点苦又算什么呀。"

秦岑阳的话都是实在意思,在面对现实生活时,每个人都要为自己的任何一个选择负责,没有人例外。

"我看哪,这次宋书昀恐怕伤害到了江云靖,他一向是自尊心极强的人。"

陈天瑜看了他一眼道:"书昀不是那样的人,倘若江云靖如此小心眼,我倒是觉得他们早点分开也是不错的。"

秦岑阳本来还要替江云靖分辩几句,眼看陈天瑜脸色不对,遂不再进行这个话题,用没有受伤的左手臂抱住她道:"乖,我们别为了别人家的事情吵架了,你今天出去阿姨过来了一次,跟我讲了很多你小时候的趣事呢。"

陈天瑜大囧,知道母亲肯定会把自己小时候的各种糗事当段子一样讲出来,脸一下子就红了,讷讷地说道:"不许提。"

秦岑阳知道她这是害羞了,不由得开怀大笑,在她脸颊上捏了一下道:"从昨天到现在都没有好好休息,阿姨做了你爱吃的菜,让我们一会儿过去。"

陈清缘的旧房子也在这个小区,此时已经整理完毕,徐美美在厨房忙着烧晚饭,而陈清缘则气定神闲地收拾刚买回来的花草。

"老陈,你说咱们闺女眼光还不错吧,我觉得岑阳这孩子实在又聪明,一看就知道他父母家教不错,我反正挺喜欢的。"

陈清缘一边侍弄花草一边说道:"他们的事我们以后不要过问,这小伙子目前看还是不错,我相信咱们闺女的眼光和魄力,她的事让她自己做主,你不要随便干涉。"

这时,徐美美已经炒好了菜,又看了一眼时间,米饭也快熟了,就想着给陈天瑜打电话让她带着秦岑阳过来吃饭,谁知道门铃倒先响了起来,她笑道:"肯定是他俩过来了。"就赶紧解下围裙去开门。

果然不出所料,正是陈天瑜和秦岑阳拎着东西站在门外。陈天瑜问道:"妈,你做的什么好吃的呀?我在门外都被香味诱惑了。"

"怎么还拿这么多东西,不是跟你们说直接过来吗?"徐美美笑道。

"也没什么,以前收藏的几瓶好酒而已,听天瑜说叔叔喜欢,我就顺手拿来了。另外的是些普通牛肉干,给您和叔叔尝尝的。"

陈天瑜看他把母亲哄得十分开心便忍不住腹诽他一番,即使如此还是忍不住帮他一起提东西进去。秦岑阳右手臂虽然不能用力,左手却未曾闲着。

陈清缘未退休前曾在某机关供职，虽然从不在外喝酒，骨子里却是极爱酒的，后来退休在家就没事自斟自饮，偶尔也即兴吟几句"诗"，满足一下曾经豪放不羁的情怀。

徐美美一不许他贪杯二不许他喝劣质白酒，这就导致了陈清缘对酒的挑剔，非窖藏十年以上的看不上眼，今天算是被秦岑阳投其所好了。

陈天瑜看父母能和秦岑阳相处融洽，从心底里十分欢喜。思及宋书昀的事情又不胜愁叹，本以为这次兰州一行已让她放下故人，身边又有江云靖安慰芳心，她应该不再沉湎于往事了。然而事情似乎并没有朝着大家希望的方向发展，如今倒成了旧恨虽消，新愁又生。

关于离合悲欢，陈天瑜在读大学时就自以为参悟得很透了，认定这乃世之常态。因此从不为别人的苦痛而感同身受，如今却是不同了，到底已经是热恋中的人。

秦岑阳看她总是走神，就问她在想什么，陈天瑜便把刚才的所想说给他听，顺便深感了一下世事无常，人生多苦。大约是她讲话后的样子特别惹人怜爱，秦岑阳安抚道："你今天不要想别人的事情了，多吃点。"

陈清缘见女儿心不在焉的模样，便猜到十之八九是因为工作的事情，一脸无奈道："看你都学傻了，当初你要学心理学，我跟你妈是反对的，怕你把自己学抑郁了，果然吧。"

"什么跟什么嘛，爸你不知道不要乱评价，我是因为别人的事感叹下人事无常，又跟我得不得抑郁症有什么关系嘛，再说了，心理医生得抑郁症的情况虽然有，但概率好小的。"

陈天瑜显然被父亲的逻辑逗乐了，辩驳了一番之后心情大好，就不再纠结宋书昀的事情。

正如古诗云，几家欢喜几家愁，同一片晴空下的另外两对却远没有这样安稳幸福。且说江云靖接了宋书昀回家，本意想问她为什么还要和姜海伦见面，然一见她面容疲惫便不忍再问，只说道："担心死我了，陈医生过来看你，见你没有在家，打电话也无法接通，我们就到处找你。"

"手机没电了，出门的时候没想到会耽搁这么久，害你担心我了，对不起啊。"宋书昀一脸歉疚，对于江云靖的感情她心里很清楚，纵然不是对姜海伦般不顾一切地执着，却早已经习惯了和他在一起的每一天。江云靖于她而言如同明媚的阳光，感受足以使生命无限温柔。

"你还没吃饭吧？我去做饭好不好？"书昀从身后抱住江云靖，有点调皮地在他身上磨蹭。江云靖的心一下子就融化了，转身轻拂她额前的碎发道："我想吃你做的排骨饭，吃惯了你的手艺，外面的都难以下咽了，你要为我的胃负责的。"

"好，本公举（主）可以为你负责，那你明天去我妈妈那里提亲吧。"宋书昀笑得像个孩子。

"也是，明天我就去。对了，我认真跟你商量个事，明天我们真要去看看阿姨的，上次你生病给她打电话无法接通，我听说阿姨很久没有去酒店了，会不会是有什么事？我们过去看看吧，如果能够和阿姨心平气和地谈谈，那是最好不过的。"

这些话江云靖早就想跟她说了，怕她听了反感就一直藏在心里，等她自己肯放下了再说。如今姜海伦已经另娶他人，再执着于宋金春当初拆散他们的错误已经意义全无了。

"我害怕见她。"宋书昀直言道。

"我知道，傻瓜，还有我陪着你，第一步总要迈出去的，不要给自己留下遗憾。"江云靖说得十分在理，宋书昀又怎么会不懂，对母亲的畏惧和反抗已经让她不知道该以什么样的态度去面对了。

只当她是个孤独寂寞的老人吧,宋书昀心里这样想着,渐觉释然,遂去厨房给江云靖做饭。

第三十章

正如江云靖所料,自从被女儿起诉以后,一向要强的宋金春受到了前所未有的打击,从法庭上下来后身体就不好了。助理再三要求她放下工作去医院治疗,然而疑心病极重的宋金春,不放心把工作交给其他人,又担心自己这时候生病会被人耻笑,便一直强撑着。

又这样坚持了些日子,终于支撑不住了,助理发现的时候她已经昏倒在自己家的门前一个多小时了。助理忙不迭地将她送到医院,住院期间宋金春做了好几个梦,全都是女儿小时候的场景,那小小的身躯在客厅里转来转去,直转得她天昏地暗。

醒来时,就听到助理在走廊上跟人说话,仔细分辨竟是女儿的声音。此时宋金春心里五味杂陈,情绪一时激荡,不由得引起剧烈咳嗽。

听到她醒来的声音,宋书昀忙推门进来,只见母亲一只手抓被子,另一只手用纸巾捂着嘴巴,因为咳嗽脸涨得通红。

书昀接了一杯热水递给母亲道:"妈,你先喝口水润润喉咙。"

"你过来做什么?"宋金春喝完水气色渐好,犀利地扫过她的脸,又将目光投向站在她身后的江云靖。

"如果不是给林阿姨打电话,我们都不知道妈生病了,怎么不告诉我一声呢?"宋书昀愧疚极了。她觉得如果不是自己一意孤行,将母女二人的关系一刀斩断,也不至于沦落至此。

宋金春住院这几日,早已将对女儿的不满和怨恨化作许多思念,有时候会想起在她小的时候,常常将她一个人锁在家里,自己一整天在外面忙生意,等回来时她已经饿得说不出话来,瘦削的身体在同龄孩子中间显得格外单薄。也是因为这个原因,她7岁就学会了自己做饭,读中学时,正是交友活泼的年纪,自己却苛刻地要求她不能跟班里任何男孩子来往,诸如此类,如今想起便悔恨交加。

"我不需要你假惺惺地来看我,你走吧。"宋金春纵然心里已是十分想念女儿,嘴上还是一副不饶人的气势。

"对不起,妈,我错了。"宋书昀伸手扯了下母亲的衣袖,眼睛里满是愧意。

江云靖见如此情景,忙说道:"阿姨,我们已经撤诉,当日孰对孰错都不是重点,能够让您和书昀都知道自己的需求和不满,将来才能相处得更加融洽,您久经商场看多了人事变幻,当然会比我们更理解这种摩擦后的互相理解是多么难能可贵。"

宋金春觑了一眼说话的江云靖,她对这个律师印象并不差,态度不卑不亢,聪明而不外露,出于母亲天生的敏感,她察觉这个年轻人对自己的女儿有种莫名的感情,而此时她并不知道姜海伦和女儿的事已经翻篇了。

"对你来说,以往是我太过苛刻了,你本来就性格柔弱,我只觉得你不像我,便总想着强迫你改变,变成坚韧而犀利的人,面对一切都能无坚不摧。然而我忽略了你愿不愿意,会不会开心。"宋金春能说出这样的话已经算是温柔体贴了,这让书昀受宠若惊,忙回道:"是我太笨了,什么事情也不能做得完美一些。"

"即使知道我这些年对你忽略照顾,但在姜海伦这件事上我的态度还是原来的态度,不干涉你了,不代表我就是同意的。"宋金春是个固执的人,在她的眼里,姜海伦无论性格还是家世都不适合自己的女儿,女儿性格柔弱,将来真跟了他必然是要受苦的。

宋书昀沉默不语。

宋金春以为她还是在想着要去兰州,忽地叹气道:"罢了,不撞南墙不回头,你别的不像我,唯独这固执脾气倒是继承了。"

"妈,我们已经分手了,以后这件事不要提了好不好?"宋书昀停顿了一下又道,"我从兰州回来昏睡了几天几夜,许多事情只是有模糊印象,细想又总是记不起来了。对海伦的情分,您不用担心,我已经放下了。"

"什么?"宋金春一脸的难以置信。

在住院的这几天,她想过无数次这件事,即使心里万分不愿意也曾动过成全他们的念头。

"妈,我……我现在跟云靖……"

宋书昀有点支吾,话说到这里眼睛就看向江云靖。

宋金春何等聪明睿智,已然明了,她对江云靖的印象还停留在法庭上咄咄逼人的那个律师身上,看女儿的神情,两人必定相爱无疑,本想反对,但转念一想自己反对未必有用,便道:"这些事以后再说吧。"

宋书昀离开之时,已经灯火阑珊。灯光映着书昀,她蹙眉不展,神情异常忧郁,江云靖看见她如此,又安慰半天,两人回到茶壶湾又做了商量,准备这几天到医院多陪陪宋金春。

第三十一章

"想做更好的自己,尽管世界对你的回应和你本身如何的关系并不大。没错,绝大多数时候世界就是根本没空搭理我们的。但为了得到自己的认可,我得努力让自己变好一点儿。至少不应该自暴自弃不是吗?沉沦多少年都抵不过存在的一瞬间,希望有朝一日我能证明自己如此这般地存在过……我一直相信,每个人的人生,都有成为一部传奇的可能。"

陈天瑜读完这段话忍不住笑了起来,这是秦岑阳今天寄来的情书,办公室里的其他人早已经习惯他们两个如此另类而肉麻的恋爱方式了,看到她笑得这么愉悦,也不再像开始时候对书信内容感到好奇了。

字迹有些轻浅,显然是右手扭伤不敢用力的缘故,这些日子秦岑阳已经回到自己家居住,并向报社请了半个月的病假,上午去医院做手臂按摩,下午便坐在天瑜的办公室看她处理工作。

陈天瑜的邮箱里有一封信是姜海伦发过来的,现在他带着刘雅已经回到兰州了,信的内容大致是感谢她没有追究刘雅的责任,还肯出手帮助他们,姜海伦在末尾郑重其事地表示会尽快把钱还给她的。

　　时光倒回到姜海伦见到刘雅那刻，对姜海伦来说，这比当日迫于压力娶她时还要糟糕百倍，拘留室里刘雅像失去理智的野兽，不许任何人靠近直到姜海伦出现，听到他的声音"小雅，不要闹"刘雅才安静下来，有些拘谨地用手梳理自己的头发，半晌才转过身面对姜海伦。

　　"海伦哥，你来带我回家吗？"

　　刘雅的眼睛因为消瘦越发的显大，神情凄楚，她以为自己把"宋书昀"推下顶楼已经报仇了，内心除了恐慌还有对往日怨愤的释然。

　　"我是不是回不去了？要坐牢吗？"刘雅见姜海伦又问道。

　　"不会的，我今天过来就是处理这些事情的，你先在这里待着不要闹，过几天我们就一起回家。"

　　刘雅半信半疑地又道："真的吗？"

　　"真的，我答应你的事什么时候反悔过？"

　　刘雅想想确实如此，姜海伦是极重承诺的人，就因为他的这种魅力自己才会不惜一切地爱上他。

　　姜海伦从警察局出来就找到了陈天瑜，他无意请求她的原谅，只是说道："小雅刚刚小产，拘留室不适合久待，我不知道怎么能说服你原谅我们，倘若你肯出手相助，我姜海伦的余生愿意为你做任何事情，无论大小。"

　　彼时陈天瑜和秦岑阳刚从父母那边吃了午饭回来，就看到等在崇爱诊所门口的姜海伦，至于他如何得知的地址，细想下其实并不难，这地址上网一查便知。

　　陈天瑜把他带到自己的办公室，听他说完自兰州一别到现在发生的事情，不由得一阵唏嘘，对于刘雅，她很难定位自己的感情，或许就是应了那句可怜之人必有可恨之处的话吧。

陷入回忆的陈天瑜被一声娇嗔的"天瑜姐"惊醒,这才意识到邮件发来的日子是昨天,而姜海伦早已带着刘雅和一身疲惫回到兰州了,想来他此生不会再来南京了,南京对他而言怕是成了伤心地。

而宋书昀自始至终并不知道刘雅来过南京,也不知道她做的事情,瞒着她也好,让她好好地重新开始吧,陈天瑜边这样想着边循声望向打断她回忆的女生,竟是安姣然。

陈天瑜微不可察地皱了下眉,心想上次自己没有让她得逞今天怎么又来了。

"天瑜姐,我这次过来找你可是有正经事情和你谈的。"安姣然装作看不懂陈天瑜脸上的不欢迎,自顾自地坐在她对面的椅子上,露出甜美可爱的笑容。

"是吗?那你说说找我有什么事。"陈天瑜好整以暇地看着她。

"我昨天晚上睡不着无聊上网,在网上看到了一个视频,而视频里好像有天瑜姐呢。"安姣然笑得不怀好意。

陈天瑜了然她说的是上次刘雅将自己推下楼顶的视频,虽然已经辟谣,但还是有很多人愿意相信正房报复第三者的戏码,人们的娱乐精神是匪夷所思的,有时候他们更愿意相信自己臆想出来的情节,而不愿意相信事情的真相。

"还有其他事吗?"

"额……没了。"

安姣然看她岿然不动有些意外,遂又说道:"我舅妈最讨厌那种破坏别人家庭的女人,哥哥是家中的独子,所以舅妈肯定不会同意他和你在一起的。"

陈天瑜看着她笑道:"这些问题我们会自己解决的。另外,我比较好奇,作为妹妹你干吗这么在意呢?"

安姣然一时语塞,半晌才支吾道:"我是看不上你这种女人,根本配不上我哥哥，而且我哥哥喜欢的人是安泠姐，你不过是他暂时的替代品而已，等我姐从德国回来你就清楚他有多喜欢她了。"

从前不觉得，今日听到安姣然再次提到"安泠"两个字竟有些刺耳，陈天瑜忙压住这个念头，声音还是不温不火地说道："所以你今天过来就是为了警告我吗？"

"我已经把视频传给舅妈了，估计这会儿她已经坐上回南京的飞机了，至于我哥哥呢，他向来孝顺。天瑜姐，不好意思啊，怕是我舅妈要棒打鸳鸯了，我一时兴起过来跟你打个招呼，提醒你有个心理准备。"

安姣然的内心是十分得意的，或许连她自己也不知道为什么要跟陈天瑜过不去，难道仅仅是因为觉得自己哥哥太过优秀吗？

"我相信你哥哥会处理好这些事情的，你不用替我担心。"陈天瑜说得不无道理，倘若秦岑阳连这点小事都摆不平，为了孝顺而跟自己分手，那么她绝对不会犹豫一下，立刻转身就走。

安姣然不是第一次在陈天瑜这里碰钉子了，但她还是克制不住自己想要跟她怼一下的冲动,这在外人眼里或许有些自虐和不可思议，但一想到哥哥和陈天瑜在一起她就会不舒服，压抑感扑面而来，那样的感觉只有在陈天瑜这里碰了钉子才会又疼又释然，感觉之奇异恐怕她自己也无法解释。

示威不成又有些不甘心，却无计可施的安姣然让人看着十分酸爽，撂下狠话说一句"坐等看你笑话"后，就装作不在意受挫的样子离去。

第三十二章

看安姣然一走,助理这才凑前试探性地调侃了几句,陈天瑜并不喜欢女人围在一起说些八卦,就瞪了她一眼,助理识趣地闭上了嘴,但其他人私下开始了讨论。

"你看,这姑娘是不是我们老大的情敌呀?"

"不是说妹妹吗?"

"又不是亲妹妹,表妹喜欢表哥古今皆有。"

"比老大差远了。"

"格调太低了。"

"不过,据说老大男朋友有个念念不忘的前女友呢。"

"我去,那完了,这种男人一般不是好人。"

"别瞎说,我觉得秦记者人不错,长得好看又有才华,对老大也温柔体贴。"

"咳咳——你们讨论够了就去工作吧。"陈天瑜显然没有意料到大家对她的事情这么热心肠。

整个下午,崇爱办公室都有一股诡异的暗流在来回游动。陈天瑜只当不知道,继续埋头工作,等秦岑阳过来接她下班时,外面已经下起了雨。

秦岑阳手臂上的绷带已经拆了，只是还敷着膏药，身上散发着一股很浓郁的中草药的香气。

"你怎么过来的？"陈天瑜好奇地问道。

"打伞坐公交车过来的呀。"

"下雨了还过来，我自己开车回去就行。"

秦岑阳嘻嘻笑道："本来不想过来的，从秦淮河那边看到一辆往这边来的公交车，下意识地就到了这里。"

此话一出，办公室其他人都笑了起来，刚来的一位女实习生道："这就叫作一往而情深吧。"

秦岑阳也不在意，拉了陈天瑜起来道："我们提前10分钟下班，下次来给大家买好吃的。"

"行，姐夫你放心去吧，这里有我们盯着呢。"

两人在大家的嬉闹声中离开。

回去的路上，陈天瑜无意中提及安姣然，秦岑阳都会下意识回避，或许他们之间有不为人知的故事吧？想到这里，陈天瑜微一蹙眉，又哂笑自己想得太多了，这世上的妹妹又有哪个不觉得自己的哥哥完美无瑕呢？

"今天这么沉默？"秦岑阳敏锐地感觉到了陈天瑜的变化。

"没什么，在想你喜欢我什么呢。"陈天瑜一边开车一边回答他。

秦岑阳此时才意识到，他们之间发展得太顺利以至于让她没有安全感，纵使她有满腹才华，在感情问题上也只是个初出茅庐的小丫头而已。

"我在想你有什么是我不喜欢的。沉思了一下发现，就连你皱眉我都觉得可爱得不像话，你说这是怎么回事啊？莫非我心理有什么问题呀？陈医生快点帮我看看，我是不是中了情花毒。"

秦岑阳佯装痛苦的样子往后一缩,在副驾驶座上楚楚可怜地看着陈天瑜。

"不要乱动,坐好,系好安全带。"

陈天瑜哭笑不得,觉得自己真是拿他没有办法,本来该有一场一本正经的关于人生和情感的哲学对话,却被他这几句话扰乱了思绪。

"听说阿姨来南京了,有没有为难你呢?"陈天瑜思量半天还是问了出来。

"我妈?你怎么知道的?"秦岑阳皱眉道。

陈天瑜便将下午安姣然来过崇爱的事情跟他说了一下,但没有提及她说的安泠要回国的事情。陈天瑜有自己的打算,还没有见面就咄咄逼问前任的事情已落下乘。

"唉呀,她就是多事,怎么天天去找你麻烦,你不用搭理她,我妈就是路过南京不是专门为你来的,你要想见她我带你去我家,要是不想见假装不知道就好了。"

秦岑阳说话的时候眼睛很认真地看着她,这让陈天瑜莫名感动,即使此刻他说的是假话,她也愿意相信。

"先不主动拜访了,按照你表妹的描述,阿姨很快就会找我的,到时候我随机应变就行,绝不给你制造麻烦,看我觉悟是不是特别高呀?"陈天瑜笑道。

秦岑阳忽然慵懒地伸了下腰,叹息道:"我秦岑阳何德何能娶妻若君,人生在世还有什么不知足的呢?"

"那你好好知足吧,哈哈。"

秦岑阳骨子里是个多愁善感的人,听了这话,竟十分欢喜,觉得眼前的女子实在可爱又聪慧。

两人本来想在外面吃饭的,路上接到了徐美美的电话,让他们晚上一起回来吃饭,陈清缘今天出去跟老朋友见面,人家送了一只养殖的野山鸡。

"你吃过山鸡吗?"陈天瑜饶有兴趣地问道。

"这个还真没有。"

"这是家养的,我爸有个老战友是济南人,他们那边这几年很多人包山头养野山鸡和种核桃,听说效益不错呢。"陈天瑜对父亲这个战友是很有印象的,从记事开始,每年都会见他带着各种各样的土特产来家里做客,聊天的时候也特别憨厚实在,倘若说有什么是印象最深的,大概就是人家开的汽车越来越好了吧。从最早的坐火车过来,到买了面包车,又到去年刚买的奥迪 A8,这真是一段励志史。

"原来叔叔以前在部队待过,跟我老爸一样嘛,我爸可没叔叔这闲适的生活态度,整天还跟时刻保持警惕的将军似的。"秦岑阳从小到大是被散养的,父母忙于生意几乎不过问他的事情,如今长大了,并没有什么积极向上的拼搏精神。

车子在超市门口停好,两个人一起下车,秦岑阳直接奔好酒专柜去了。陈天瑜不干涉他,独自去一边选了些时令水果和搭配炖汤的野生蘑菇。

第三十三章

"天瑜?"正在挑水果的陈天瑜被一声惊讶的声音打断了,遂抬起头来循声看去,竟是昔日的校友葛格格,心里虽然十分厌恶她,但面上还是客气地微笑道:"好久不见,学姐也来买东西吗?"

"对呀,这不是你学长中午给我打电话说想吃松菇炖鸡了嘛,我就想着只有这家超市东西齐全,就过来瞧瞧,没想到还能遇见你,好巧啊。"说到这里,葛格格掩嘴一笑仿佛古代矜持的大家闺秀。

"我已经买好了,学姐慢慢看看,有空以后再聊呀。"陈天瑜已经转身要离开,手臂却被凑过来的葛格格抓住,只听她尖锐刺耳的声音又响起来:"我们两个也两三年没见面了吧?怎么这么着急就走,难道你还在为当年做的事感到愧疚吗?唉,你也不要太放不下了,都过去了……"

"了"字还没落下,陈天瑜便脸色一变,厌恶地说道:"你不要在这儿烂嚼舌了,当年的事你自己最清楚了。"

葛格格看到她脸色难看,反而更加起劲,眼睛盯着陈天瑜,嘴上却是一副委屈模样道:"天瑜,难道这几年你还放不下学长?当年虽然是他一直追你,可是你对他一直很冷淡,看到他心灰意冷要跟我在一起你才后悔，但都晚了，我虽然心疼你，但我更心疼他，你的回头难道不是占有欲作祟吗？我对他是真心真意的爱，我怎么能让你再次伤害他？"

超市里其他人都开始往这边看，陈天瑜内心一阵烦躁，这件事对她来说就像滴在最喜欢的衣服袖口的一抹油渍，洗不去，扔了又可惜。

关于学长的记忆其实并不多，只记得当时自己被他狂追是全校都知道的事情。学长的痴情持续了大半年，后来听说他和同年级的一个学姐在一起了，这个学姐就是葛格格。

葛格格开始就知道学长追陈天瑜的事情，却总是有意无意地亲近他，一个冰冷如霜，一个暖如冬阳，很快学长就和她走在一起了。

故事到此为止也算皆大欢喜了，可是女人的通病——多疑和嫉妒在葛格格这里凸显得淋漓尽致，跟学长在一起以后开始并不觉得陈天瑜如何，直到有次翻看学长手机时发现里面有个加密相册，在试了无数次后终于打开的一瞬间，葛格格便开始对陈天瑜恨之入骨。

那个相册全是陈天瑜的照片，有背影、侧脸、远景等，那种不言而喻的深情呼之欲出，让葛格格怎么能不嫉妒？

后来学长虽然删除了相册，两个人却还是常因陈天瑜吵架，这样的事情大概很多情侣都会遇到，处理不妥难免会失意分手。彼时学长显然不想分手，立刻也将陈天瑜视为敌对阶级，当然这也无可厚非，从学长这里得不到发泄的葛格格便时常怼一下陈天瑜。

有意无意的攀比也罢，偶尔碰到的秀恩爱也好，对于陈天瑜而言都是别人家的事，自始至终都无动于衷，岂料越是如此越让葛格格恨意倍增。

真正的报复是葛格格毕业前夕,她大概是觉得自己离开学校后这口气就永远出不来了,有了这样想法的葛格格便用小号在学校论坛贴吧批量发帖,用一种受害者朋友的口吻称陈天瑜为第三者,恶意编造不存在的事情进行诽谤。

陈天瑜因为这件事没少被同学们在背后议论过,后来她写了一篇很长的文章辩驳,便有人猜测出兴风作浪的人是葛格格,只是不知为何那个小号后来再没出现过,时间长了大家的好奇心慢慢褪去,这一页才算是掀了过去。

此时此刻在这样的场合遇见,过去种种很快在两个人的脑海转了一圈。

未等葛格格继续说下去,秦岑阳已经发现这边情况不对劲,赶了过来。

"天瑜,怎么了?"秦岑阳关心道。

"没事,遇到了昔日的学姐。"陈天瑜显然不愿意多说。

葛格格上下打量了一番秦岑阳,只见他模样清俊,尤其一双眼睛如同会说话似的,不由得又嫉妒起来,心里恨恨的。

"这是?"

"我是天瑜的男朋友,叫我小秦就行。"秦岑阳笑得人畜无害。

"你好,小秦是做什么工作的呀?"葛格格又道。

"普通记者,偶尔写写书之类,不足挂齿,家父曾希望我跟他学习经商,我呀就想趁着他老人家精力充沛暂时做个理想主义者,他日也不知道还有没有这样的悠闲自在呢。"

秦岑阳几句话便把自己的情况说得清楚又不失低调,直让葛格格想到自己老公不过是个普通白领没有优越感可秀,愤恨不已。

秦岑阳伸手揽住陈天瑜的肩膀很是体贴入微的模样,彼此间默契十足地恩爱一番才跟葛格格道别。

没有占到便宜的葛格格看着两人离去，不由得低声咒骂几句，胸中一团无名火没处发泄，只苦了这几年一直被她压制的老公晚上又要无辜受辱了。

陈天瑜将买好的水果和蘑菇放在后座上，瞥见了秦岑阳刚买的"西凤酒1952"，这个酒她知道，被列为四大名酒之一。

"这个超市居然会有这么好的酒，你是怎么知道的呀？"

"没什么，这家超市老板是熟人，他极爱收藏好酒，整个南京怕是他这里最齐全了，平时不外露给人知道罢了，只卖给品酒圈子的同道中人。"

陈天瑜佩服道："做你们这行也不错，三教九流的能人趣者都能被你们发现。"

刚到楼下就又接到母亲催促的电话，秦岑阳打趣道："如果不是碰上你那个学姐我们也不至于耽误时间了。"

陈天瑜想到葛格格那张脸就如吃苍蝇般恶心，忙道："以后可别提这个女人，想起她做的那些蠢事我就觉得无语。"

第三十四章

说话的工夫,两个人已经到了门口,徐美美听到铃声忙过来开门,见他俩又是大包小包地拎着东西,忍不住责备道:"都说了家里都弄好了,什么也别再买了,你们两个就是不听。你看,又买酒了不是?岑阳这孩子——"说着就将酒递给了陈清缘。

"好酒啊,市场上不大常见了,你从哪里买的呀?"

"也不算买,刚好有个朋友喜欢收藏各种好酒,家里又开着超市,我就去蹭了一瓶给叔叔尝尝。"

陈清缘自从退休后鲜有人陪他一起喝酒下棋聊天,所以每次看到秦岑阳过来都喜欢得不行,而徐美美也是丈母娘看女婿越看越喜欢。

"妈,你拿什么炖的野山鸡呀?"陈天瑜闻着香味去了厨房。

"上次你买的花菇还有一些,我洗好了都放在里面了,你不要动锅盖,再焖一会儿就可以吃了。"

徐美美怕女儿会动她的汤锅忙也跟着进了厨房,却很敏锐地感觉到女儿没有以往看到爱吃的东西时那股兴奋劲,忍不住问道:"什么事让你皱眉头,这是怎么了?"

"妈,你说你跟我爸这么喜欢岑阳,万一他爸妈不喜欢我怎办？"陈天瑜像小时候一样抱着母亲的肩膀，惆怅地问道。

徐美美虽然是大大咧咧的性格，却也是粗中有细的，女儿自大学里被一对情侣伤到后就对感情的事十分冷淡了，如今好不容易遇见个合适的，她当然不希望两个人之间有什么矛盾。但如果真像女儿担心的那样，对方的父母眼里不容人，她徐美美断然不会让女儿嫁过去吃苦的。话又说回来了，自古婆媳关系难处理，这个也需要两个家庭共同努力，他父母总不至于非要棒打鸳鸯吧？想到这里徐美美捧着女儿的脸上下端详笑道："长得还算标致，不用怕，想当年你奶奶开始也对我有意见，后来还不是被我的魅力征服了，我的女儿肯定也不会太差的。"

"哈哈，还是我妈最好。"

陈天瑜看着母亲化着淡妆的脸依然饱满圆润，眼角的细细皱纹不但没有减少她的美丽反而增加了一种知性美。

"妈，你怎么做到永葆青春的呀？"

"因为想法少。"

陈天瑜知道母亲这是打趣她，却也有几分道理，从小到大陈天瑜极少看到母亲着急，随遇而安和知足者常乐的心态在她身上体现得淋漓尽致。

摆好饭菜后，徐美美冲着书房里的二人喊道："老陈，你也别拉着岑阳说东说西了，快点出来吃饭吧。"

两个人出来的时候都是笑逐颜开的模样，陈天瑜撒娇地挽住陈清缘胳膊道："老爸，你们聊什么呢这么开心？"

"说了你也不懂，这是我们男人之间的话题。"陈清缘丝毫不顾及女儿的白眼怡然自得地说道，"这野山鸡炖花菇啊，是你阿姨的拿手菜，岑阳坐这里，快点尝尝吧。"

"妈，我也要吃。"陈天瑜见老爸不理会她转身向徐美美寻求安慰。

徐美美只当没有听见她的话,给秦岑阳盛了一碗鸡汤又补充道:"野山鸡的汤是大补的,你看这汤汁熬得浓稠香郁。"

"妈,这怎么炖的呀?"

"先泡花菇,然后那个水不要倒掉,因为泡的时候杂质会沉淀到底部,上面那层清澈的花菇水可以用来煲汤。煲汤要一次加足水,千万不要中途再加水,会影响汤的鲜味。这个汤本身已经很鲜了,所以最后调味只需要加盐就可以了。"徐美美说得头头是道,颇有美食家的风范。

"别净听你妈说,她这一套说辞呀都是网上学来的。"陈清缘毫不留情地破坏了徐美美刚塑造的美食家形象。

陈天瑜只是笑嘻嘻地夸赞母亲的手艺,对父母之间一辈子养成的互怼小情调装作没有看到。而秦岑阳是何等聪明的人当然也不会随意插言,给未来岳父斟了酒又给自己倒了半杯,陈清缘此时已经了解他酒量不大,也不迫他喝太多。

待灯火阑珊时,这次的家庭聚餐才结束。本来陈清缘想留下秦岑阳再陪自己下会儿棋,无奈他接了一个电话,要早点赶回去,便不再挽留让女儿开车去送他。

"跟我爸在一起也不是非要陪他喝酒的,你看你又要醉了。"陈天瑜一边发动车子一边说道。

秦岑阳确实有点醉意,意识却还很清醒,听到陈天瑜话语里全是关心之意,遂笑道:"没事,这点酒还是在我酒量范围内的。"顿了顿,他歪着头盯着陈天瑜的侧脸又道,"刚才是我妈打电话来的,她说要跟我谈谈。"

陈天瑜一顿道:"那你们谈吧,到时候如果有关于我的内容,只需要告诉我结果就行。"

"放心吧,我妹妹那点小伎俩成不了气候,再者我又不是任人摆布的人,倘若有一天我们分开了,只有一个原因,那就是你爱上了别人,否则我绝不会放手的。"

"也有可能是你选了别人,这个不要提前说,爱一天就好好过一天,不是吗?"

"还是你好,比我通透。天瑜,你知道吗?在遇见你之前我以为喜欢就是可以共度一生,后来跟你在一起我才明白,比喜欢更深的是爱,爱上就是致命的,我爱你,就是这样。"

很快到了秦岑阳的小区楼下,路上人迹稀少,看来在这边买房的人并不多,除了房价高还有一个原因,大概离市区比较远吧。

陈天瑜打趣道:"我还是第一次到你住的地方来,没想到这边如此安静,喏,要不要请我上去呢?"

陈天瑜自然是不会上去的,因为还不想正面与秦岑阳的母亲接触,尤其是在她已经先入为主觉得自己作风不好的情况下,更不可能自己送上门让人奚落。

站在车外,周围的草木有种陌生的香味。具体地讲,是有点不真实。"快点上去吧。"陈天瑜催促道。

"好,我想——"秦岑阳俯身,一个吻猝不及防地落下,陈天瑜还是没有适应他的这些小动作,没一会儿就缴械投降了,手不自觉地环在他的脖子上,身子上倾紧紧贴合在一起。

好久,悠长绵甜的吻终于还是结束了。

"我上去了。"

"嗯。"

"你回去路上小心开车。"

"嗯。"

"我爱你。"

"嗯。"

第三十五章

自从双方老人知道两个人恋爱以后,时间仿佛永远不够用,除了工作还要随时做好准备接受各自家里老人的突击试探。

秦岑阳的母亲始终没有提出见面的要求,陈天瑜也就坦然地故作不知。在她看来,贸然求见是下下策,而且一旦见面就有可能被双方父母催婚,这点两个人都想到过,秦岑阳无甚意见,他倒觉得早结婚生个宝宝也是很美好的事情,但陈天瑜无法接受,她是个事业心很重的人。

后天就是农历十月十六了,这是崇爱心理诊所成立三周年的日子,大家都想庆祝下。新来的小林是个很活泼的女生,立刻提议道:"不如我们办个心理健康知识普及日呀,准备好发放的小礼品,再来个答题闯关送大礼包如何?"

这个意见立刻就得到了所有人的赞同,陈天瑜也觉得可行,便让小林负责这个活动。

也不知道为什么,秦岑阳的心情似乎变得越来越沉重,即使他依然嬉笑怒骂,表面上看起来毫不介意,但那种沉重感还是让陈天瑜一眼就看透了。

下午收到他的明信片，却只有一段不明所以的话："昨天重新读你一生的故事，顺便复习了一下费马原理。初学时觉得很神奇，似乎光有自己的意识，后来再用波动的观点看，就没什么特别的。看似不动的光线，是多个振动叠加的结果，和干涉衍射图像并无二致。这番思索让我又有点相信弦论，相信'缘生性空'，空有之间的转换，也是微妙得很。"

陈天瑜反复推敲，也没有猜出他到底是意有所指还是只是说出自己的读书感受。

崇爱的员工都知道老板的男朋友是个记者，还会写诗，又懂得浪漫，每天下午准时寄一封信或者一纸明信片，每当这个时候小姑娘们就会艳羡不已。

"天瑜姐，你男朋友是不是除了情书也会给你买礼物呀？"小林旁敲侧击地问道，她的意思很明了，在这个物欲横流的都市能有闲心写情书难道是因为无法满足女朋友物质上的需求而为之？

陈天瑜何等人物？自然听得出来，只是抿嘴一笑不予理会。

在这里工作了三年的白露刚好路过陈天瑜的办公室，听到这里立刻喊小林过来帮她做事情。

在自己的办公桌旁，白露压低声音道："老板的男朋友是秦氏集团的公子，你不知道的事情不要胡乱猜测，一个心理医生基本的素质先要做到。"

小林惊讶得说不出话来，又朝里间办公室望了一眼，心情十分复杂，也许是嫉妒也许是不甘，心道："单论容貌，她陈天瑜虽然很好看，却因为内敛的性格显得略微呆板，自己不输于她但比她更青春活泼，凭什么自己没有遇到这么好的金主？"

白露似乎看出了她的心思，便敲打道："天瑜姐是我见过的难得智慧与容貌都有的女人，恩怨分明，你对她好她会对你更好，你要是算计她，可能连自己怎么死的都不知道。"

小林面上一阵红一阵白地转身走开了，她虽然在这里工作了才几个月，除去那两个实习的大学生，剩下的都比她资格老，尤其是这个白露，据说是和陈天瑜一起开创的崇爱心理诊所，如今崇爱声名鹊起，她功不可没。

但陈天瑜对她没有什么格外照拂，反而近来对自己十分器重，想到这里小林露出一抹冷笑，她是有野心的女人，她相信自己有一天会把这里的每个人都踩在脚下。

白露看着小林离开的背影若有所思，心里面有些警觉。

众生碌碌，一天很快就会过去。

晚上快要下班的时候秦岑阳开车来接陈天瑜，他手臂好了以后已经能自己开车去上班了，下班之后就会过来。

"云靖说很久没有聚一聚了，想让我们过去。"

秦岑阳进来时看到陈天瑜还在工作，便帮她整理桌子上散乱的资料夹和书籍，又道："宋书昀好像记忆力越来越差了，上次在大街上碰到她，她看着我想了半天才记起我是谁。"

陈天瑜打印完最后一份档案，一边关电脑一边说道："她这是潜意识里自我保护的反应，前几天我去看她，精神好多了，记忆力差些也没什么，她大概要忘记从前的事情就选择了自我封闭吧。江律师待她很好，也是她的幸运呀。"

秦岑阳看了她一眼道："你对云靖印象很好啊，总听你夸赞他。"

陈天瑜没想到他竟然会因为夸别人多了而有醋意，不由得笑了起来，伸手拉住他的领子拽着他凑到自己面前轻声说道："常夸别人是优点，不过我喜欢你偶尔这样孩子气。"忍不住在他额头吻了一下，秦岑阳这才表示心满意足。

两个人牵手离开时碰到了白露，陈天瑜嘱咐她走之前记得锁好门窗。白露用眼角瞥了一眼坐在一边不甘心的小林,温和地答应道:"我知道了。"

晚餐的地点定在茶壶湾附近的一家餐厅,看到陈天瑜二人,江云靖忙迎了过来,道歉道:"书昀不习惯去远处,所以就近选了这里,你们两位不要嫌弃。"

陈天瑜性格洒脱,怎么会在意这种小事,笑嘻嘻地去和宋书昀说话,看她除了更像个未成年少女一脸的稚气未脱,气色却是很好的。

"书昀已经和她妈妈关系修好,阿姨希望我们可以早点订婚,昨天我带书昀回家见过爸妈了,我们打算下个月订婚,明年五一举行婚礼。"江云靖话音刚落就惹来秦岑阳的一阵羡慕嫉妒恨般的号叫,"你小子动作也太麻利了吧!你看我们书昀还没有长大呀,就要当小媳妇了。"

"书昀什么时候是你们书昀了呀?"江云靖打趣道。

陈天瑜接话道:"书昀是我妹妹,当然是我们书昀呀,以后你要是欺负她,我们可要打你了。"

宋书昀笑作一团,倒也不忸怩作态,孩子气地说道:"天瑜姐,等明年给我当伴娘好不好?"

陈天瑜欣然同意,在她看来,宋书昀已经从刚认识时那个倔强的小姑娘蜕变成了另一个纯真无邪的小姑娘,她的抑郁症虽然还没有完全痊愈,但也无大碍了。正在大家开心畅聊的时候,陈天瑜又莫名想到了姜海伦和刘雅,她暗自思量,这人间有喜剧就同样有悲剧,而他们的悲剧要怪谁呢?一时间她又陷入一种惆怅中。

第三十六章

刚从洗手间出来的陈天瑜就被人喊住了,竟是江云靖。

"江律师有话要单独跟我说吗?"陈天瑜直言不讳地问道,察言观色本就是她的本领。

这是很难得的事情,江云靖没有告诉书昀,在这里等着,估摸着是想单独和陈天瑜说些事情。其实,他不说也能猜到几分,必定是和姜海伦有关系的。

"陈医生这段时间有没有和姜海伦联系呢?"

"有,他经常给我发邮件,毕竟他有一个神经衰弱的妻子,除了询问过我几次专业知识,其他很少提及。"

陈天瑜的意思很明显,就是告诉江云靖姜海伦并没有一直觊觎宋书昀。

陈天瑜以为江云靖还有话说就站在走廊的一侧凝视了他一会儿,旁边微醺的客人歪歪斜斜的,经过他们面前时露出了然的表情,这让她很不舒服,但依然没有动弹静静地等着他后面的话。

"好吧,其实也没什么,他在南京的时候曾单独来见过书昀,我及时找到了他们,不然真不知道他会不会伤害书昀呢。"江云靖终于说出了心中的顾虑。

这让陈天瑜大吃一惊,在她眼里江云靖温柔体贴,没想到也有这么不自信的一面,转念又想,所谓爱情便是如此羁绊人心,遂对他笑道:"江律师也不用过分担心,我跟姜海伦聊过几次了,他目前为止已经对书昀放下了,因为愧疚更不会轻易再来南京。他的妻子刘雅小产对两个人都打击不小,他表示要留在家中好好照顾妻子。"

"曾因醉酒鞭名马,生怕情多累美人。听过这句诗吗?"身后传来秦岑阳的声音,两个人都吓了一跳。

"没听过。"江云靖道。

"郁达夫?"陈天瑜不确定地询问道。

"还是我的小媳妇聪明,你们两个在外面半天了,要说的都说完了吗?虽然没有听到你们的谈话,我也猜到八九分了,我觉得云靖就像这诗里讲的那种人,痴了。"

因怕书昀起疑,几个人忙都回到座位上去,却见她无聊地东张西望,看到他们回来开心道:"你们干什么去了呀?突然剩我一个人在这里。"

"我去洗手间了,回来路上碰到他们两个在讨论问题,就一起回来了。"陈天瑜抢先答道。

江云靖附和道:"我就是想问问岑阳几时娶陈医生,谁知道被她撞见了,也没问成。"

宋书昀没做多想便不再追问,几个人又讨论起其他事情。

秦岑阳把桌子上的几罐啤酒都打开,先给江云靖倒了一杯,又给自己倒了一杯,有些豪气干云地道:"自从毕业后我们两个已经很久没有一起到餐厅吃过饭了,要不是后来遇见,这些都将是奢侈的想法了。"

陈天瑜看着继续推杯换盏的周围，觉得人真是一种自恋的动物，因为自恋，所以对于和自己类似的人总是容易产生好感。这种事情，在江云靖遇到宋书昀的时候，在她遇到秦岑阳的时候，那一瞬间他们都不再孤独。

聚餐结束的时候，已经10点多了，陈天瑜和秦岑阳目送江宋二人上车驶出餐厅停车位才上车离开。秦岑阳喝了些酒，便不再开车，陈天瑜问道："我先送你回家？"

"好。"

从茶壶湾到秦岑阳住的小区不过半个小时的路程，路上两个人都没有说话，路灯透过车窗照在脸上。秦岑阳忽然觉得很疲倦，这种感觉很有诱惑力，很快蔓延到全身，让人感到乏力。

"不要回去了。"陈天瑜愣了一下，不知什么时候睁开眼睛的秦岑阳道，"你还没有参观过我的卧室。"

"阿姨不跟你一起住吗？"陈天瑜说出担心的事情。

"她今天住在我小姨那边，不回来了。"

陈天瑜想要拒绝，在他母亲还没有表示对她是喜欢还讨厌的情况下，她不知道自己留宿是对还是错。

"天瑜，我想你。即使我们每天都能见面，但当我晚上回家，早上醒来，看不到你的时候，都会被思念的痛苦折磨。"

陈天瑜看他眼里满是认真，不假思索道："抱我下车。"

秦岑阳立刻欢呼雀跃地跳下车，到另一边拉开车门，温柔地帮她解开安全带，伸手将陈天瑜抱在怀里，不由得叹息道："太轻了，以后我要每天给你做好吃的，把小媳妇养得白白胖胖。"

"不要，我才不要变胖。"

"变健康。"

已经不记得几时上的楼几时开的门，纵然内心里有一万只奔跑的小鹿,秦岑阳还是尽量克制自己的激动,温柔地将她压在身下:"我爱你,天瑜。"

"我也爱你。"

第三十七章

早上睁开眼睛的时候,陈天瑜有一瞬间的错觉,以为是在自己家里,望着不一样的天花板和屋里的摆设,才确信这是秦岑阳的卧室,散落的衣服昭示着昨夜的春梦有痕。

"你醒了?"秦岑阳从后面抱住她,脑袋抵在脖颈上,呼吸打在脸上痒痒的,"在想什么?"

陈天瑜面上发热,满是红晕:"在想我们的第一次。"

"我要以后的每一天睁开眼来都可以把你抱在怀里,再不想一个人孤苦伶仃地睡在这里了。"

话音刚落就对陈天瑜上下其手,美其名曰:"晨练。"

罗曼·罗兰在《约翰·克利斯朵夫》中写道:"很多人在二三十岁的时候就死去了。因为一旦过了那个年龄,他们只是自己的影子,余生都会在模仿自己中度过。"

陈天瑜是心理医生,这点更加有深刻的体会,看着已经在厨房忙碌的秦岑阳,她环视着这个陌生的客厅,有些不知所措。这一天早晚要来到的,这样想着,竟生出些悲壮的情绪。

此时此刻的缩影或许就是他们未来几十年的生活,往后都将只是今天的重复模式。

她不知道这是否就是幸福。

如同父母一般,或许这就是人生。大家都在 In me the tiger sniffs the rose(我心里有猛虎在细嗅蔷薇)。

"别愣着了,快点去洗漱,我早饭快做好了。"秦岑阳过来推着她去洗手间,帮她拿出没有用过的牙刷和牙膏,悄声道:"这些我可是提前一个月就买好了的,现在才让你用上,我太优柔寡断了,早该把你抱回家的。"

秦岑阳的厨艺很不错。陈天瑜洗漱回来看着桌子上丰盛的早餐,忍不住赞叹道:"你从什么时候开始学会做饭的呀?"

"初中吧,那时候父母都不在家,我要一个人照顾自己,像我这么聪明的孩子很快就是家务小能手了。"

"家里没有大人照顾你吗?"

"有,开始我是跟奶奶一起住的,可是奶奶喜欢大伯家的孩子,对我常常冷言冷语。跟堂哥打架后,我就自己跑回家了,妈妈心疼我就找了一个阿姨在家照顾我,谁知道小阿姨常趁着爸妈不在家带男朋友回来约会,被我妈撞见一次后怕我学坏就解雇了她。那以后我就跟妈妈说我能自己照顾好自己,她便同意让我自己在家,她跟我爸两个人经常轮班似的回来看我几眼。"

秦岑阳说得若无其事,当年的小男孩已经成长为泰山一般的少年,这些磨砺早已如过往云烟,不曾留下任何痕迹。

陈天瑜不由得想起自己,小时候父母也总是很忙碌,她爱哭,每次都哭得上气不接下气,后来得了轻微自闭症,徐美美才意识到事情的严重性,果断辞职在家陪伴她。因为父亲工作的缘故,每逢节日家里都会来很多叔叔阿姨,他们会送给她好看的裙子还有从来没有见过的玩具。

徐美美却从来不让她碰,又一件件地给别人退了回去,彼时高冷而大气的母亲在陈天瑜的心里留下了深刻的印象,她崇拜这样的母亲,也就是那时候开始,她立志要做个与众不同的女子。

后来读高中,徐美美跟着陪读,因为父亲的性格太过冷酷,家里已经不怎么来人了。徐美美卓然的厨艺和对女儿的宠溺导致陈天瑜几乎不会做家务,但那又怎样?徐美美在女儿还读高中时就放出话来,自己的女婿厨艺必须和自己差不多才行。

"怪不得我妈一点也不反对你和我在一起。"陈天瑜望着一桌子被她吃得一片狼藉的食物感叹道。

"为什么呀?"

"因为你的厨艺比她好,这样就不用担心我没有饭吃了。"

秦岑阳听到这话,哭笑不得。

"我想带你去见见我妈,这几天一直想跟你说这件事,但怕你还没有做好准备。可是,昨天晚上云靖他们两人说起一起生活的趣事,让我觉得好羡慕,我才发现自己有多渴望和你一起睡着,一起看第二天的日出。"

"是阿姨想见我吗?"

"嗯啊,早就有这个意思,我不许她涉足我的感情问题,她虽然不甘心,却一直尊重我的决定,本来要这周离开南京的。"

两个人一边说话一边收拾碗筷到厨房清洗,很是默契,仿佛在一起很久的情侣早已做好如何分配家务似的。

"什么时候见呀?我去准备一下,阿姨喜欢化妆还是不化妆的女生呢?"

"晚上吧,你不用紧张,我妈妈这个人很好相处的。这样吧,下午我去崇爱接你,到商场转转换件得体的新衣服就行。"

"我爸妈见你时都没有什么仪式感,好在后来都接受了,没有进行阻拦。"

秦岑阳拿来毛巾擦了手,揽过陈天瑜,把她搂在怀里,心中十分愧疚:"等订婚前我要十分隆重地去拜访叔叔阿姨,让他们开开心心地将女儿许配给我。"

这边两个人恩爱无话,却不知道早有人开始算计着如何拆散他们。

安姣然每天都打开朋友圈查看秦岑阳的动态,面对他秀恩爱的文字或图片就会有忍不住想摔了手机的冲动。

"姐,你什么时候回国呀?你再不回来我哥哥就要被那个狐狸精迷住了。"

"姣然,你说的还是上次那个心理医生吗?"

"对,就是她。"

安姣然想起每次见到陈天瑜时,她脸上永远带着一股让人讨厌的清高劲儿。

"你要我怎么做?"安泠蹙眉看着视频这边的她。

"陪我一起整她,让她永远离开我哥!"

安姣然的心思还是表现得这么明显,这让安泠很不舒服,当初如果不是因为接受不了她总是在他们约会的时候出现,自己和秦岑阳也不至于此。

"等我回国再说吧。"安泠不想再和她说下去了,便以有事情为借口挂断了视频通话。

在德国的这段时间安泠想了很多,虽然分手是她提出来的,还逼着秦岑阳不要对自己抱有任何希望,如今知道他真的喜欢上了别人,为什么自己的心会这么痛?

可是,这又如何?

过去心不可得,现在心不可得,未来心不可得。

这几年的分别早已让安泠越来越明白，顺其自然才是感情的正确解读方式，过去的就让它过去吧，此时此刻的安泠打算尽人事听天命。

今天她才发现，自己高估了自己。不过，感情这种事情，明白了又能怎么样呢？那些过去还是躲不开、逃不了、免不掉，依旧像扎在心上的刺，碰一下才知道有多疼。

第二天，安泠便向公司递交了辞呈，决定回国。

第三十八章

工作上午就处理完了,陈天瑜嘱咐白露负责好其他事情便决定去商场转转,见未来的婆婆可是件大事。

"天瑜姐,我有几句话想单独跟你说,不知道当讲不当讲,但我想你自己能判断,再不说的话我要憋出内伤来了。"白露苦笑道。

陈天瑜跟白露一起共事三年多,对她也算有些了解,知道除非是很重要的事情,不然她不会如此谨慎。

"你说吧。"

"我就是想建议你辞退小林。"

"嗯?这是为什么?"

面对陈天瑜的疑惑,白露没有立刻回答,沉思片刻反问道:"天瑜姐回忆一下今天早上的事情,是否有让你觉得不舒服的地方呢?"

陈天瑜又重新坐回座位上,大脑开始回放从早上到现在发生的所有事情,半晌才皱起眉头道:"你说的是小林看到岑阳进来后的反应吗?"

白露释然道:"这个女孩子心思不单纯,留着她怕有祸端,不如直接辞退吧,防患于未然。"

陈天瑜摇摇头道："如果是工作中出了什么问题，不用你说我早就会这么做，倘若是因为我私人的感情问题，甫一怀疑便辞退员工这样不妥，我以后多加注意就是。"

白露欲言又止，看着陈天瑜不容再劝说的表情，便退出了她的办公室。

女人堆里是非多，这是俗语也是警句。这点在大学时候陈天瑜就领教过了，在被学姐构陷的日子里她早就学会了以不动应百变。小林的那些小心计在陈天瑜眼里是不足一提的，但是为了不打草惊蛇，她决定等，等她露出马脚，打蛇七寸才不会有被反噬的危险。

最近做的宣传活动具体事宜都交给了小林负责，陈天瑜一直嘱咐白露多留心，自己也留心观察了一阵子，现在回想下，她也没有什么做得出格的地方，便不把太多精力放在她身上了。

此时已是10月中旬，下午的商场人已经不少了，摆在显眼位置的大多是风衣和套装裙。陈天瑜身材高挑，女推销员一直建议她挑一件风衣搭配，可以将她的身材衬托得更加完美。

在选衣服方面，陈天瑜一直有自己的准则：注重收腰合身，颜色深浅搭配，面料纯棉或者亚麻。当然也要分清什么场合穿什么样的衣服。

比如今天晚上要见的是未来的婆婆，想到这里，陈天瑜还是果断地放弃了刚看上眼的风衣，决定选一身淑女裙，尽量浅色的，搭配自己的长发看起来会温婉一些。

当开车来接她的秦岑阳露出一脸惊艳时，陈天瑜就知道自己今天下午的选择是正确的。

"没想到你不穿职业装，淑女裙驾驭起来也这么自然，刚才一看到你我心脏都停止跳动了，哈哈。"

"没正形，我才不要被你的糖衣炮弹迷惑双眼。"

坐在副驾驶座上的陈天瑜嘴上说着不要，却明显一副很受用的神情，但还是有些紧张地打开手提包拿出化妆镜又检查了一遍妆容，确定粉不多不少，头发一丝不苟，才又收起镜子看着外面的风景。

南京的 10 月已经有凋零之气，路旁的枫树却红得别致，不似梧桐那般过早地变黄了。

两个人聊了一会儿天，陈天瑜已经没有开始时那么紧张了，却还是在快到酒店的时候苦着一张小脸道："怎么办？我还是有点紧张，万一你妈妈因为视频的事情把我当作不正经的女人，我岂不是一见面就要被她品头论足？"

"别胡思乱想，我已经跟我妈妈解释过了，她不是那种不讲理的家长。"

人就是这样微妙，令人感到担心的永远是感情以外的东西。此时的陈天瑜变成了未经世事的小女生，为着将来的婆婆是否会喜欢自己而惆怅不已。

车子里的空间是很狭小的，而横在他们之间的束缚除了安全带就是两颗心之间的距离，陈天瑜有一点异样的感觉，她和秦岑阳之间亲近得越是毫无缝隙，越要用更多心思来维持，所以她觉得自己和从前相比，要说更多的话。

"前面花店停一下，阿姨喜欢什么花呢？"

"还是你细心，那就买一束百合吧。"

站在花店里的两个人十分相偕，其他人都用羡慕的眼光看着他们，这让陈天瑜很受用。

重新坐到车上，陈天瑜忽然脸色绯红地低声道："一见岑阳误终生。"

"你说什么？"秦岑阳刚要发动车子，听到她的话一下子怔住，等反应过来忍不住开心地大笑起来，自从两个人在一起后，每次都是自己对她说动情的话，她只是被动地回应，这还是第一次说这样妩媚的话，怎么能不让秦岑阳感到开心？

"别笑了，酒店马上到了，我们要端庄一点。"陈天瑜故意收回深情，眼睛却暴露了她此刻的柔情蜜意。

"知道啦，丑媳妇要见婆婆肯定会不安。放心吧，只要我不嫌弃你，他们的意见都只是意见而已。"

又转过一个红绿灯，终于到了秦岑阳母亲订的酒店，有欧洲风格的建筑，周围还有些花木衬托，看起来很是高雅而简约。

陈天瑜走在后面，虽然不是没有见过什么场面的小姑娘，但此时紧张的她还是下意识地握紧秦岑阳的手。

秦岑阳回握了她一下并安慰道："小傻瓜，那天我们被你爸妈撞见也不见你这么紧张，我妈妈人很好的，保持微笑做你自己就行了。"

有时候，人和人之间也没有太大的区别，每个人都会为了讨好想要亲近的人而使出浑身解数。

第三十九章

百合的花语有百年好合、美好家庭、伟大的爱之含意，有深深祝福的意义。收到这种花的祝福的人具有清纯天真的性格，集众人宠爱于一身。不过，光凭这一点并不能平静度过一生，必须具备自制力，抵抗外界的诱惑，才能保持纯真不被尘世污染。

当秦妈妈看到抱着百合花跟在侍者后面的陈天瑜时，满意地点了点头，但很快将这种情绪掩饰了起来，她今天要好好考验一下这个女孩子。

让秦岑阳感到意外的是，母亲身边的位置上还坐着另外一个人。"爸爸，你怎么也回来了？"

秦渊看着进来的一对璧人，早已笑得满面春风："我也是上午刚到，回总部处理点事情，我跟你妈商量过了，宁波那边暂时不回去，把重心还是放回南京，你也到了成家立业的年纪，我们就不分开了。"

陈天瑜一愣，她对眼前的中年男人有莫名的熟悉感，但一时想不起来在哪里见过。

"给我们介绍一下你身后的小姑娘是谁呀！"秦妈妈笑道。

秦岑阳赶紧道："爸，妈，她就是天瑜，我女朋友。"转身看着陈天瑜笑道,"这就是我爸妈。"

他眼睛里全是温柔,又轻轻握了下陈天瑜的手,她已经没有路上来时的紧张感了,大方自信地打了招呼:"叔叔阿姨好。"并递上了手里捧着的百合花,"希望阿姨会像这花一样永远年轻漂亮。"

"好会说话的小姑娘,我听岑阳说你是心理医生?"

"嗯,大学一直攻读这个专业,后来就在南京西路开了一家不大的心理诊所,目前还能维持。"

秦岑阳一边欢笑着和父母聊天,一边适时替天瑜解围和安慰她,秦渊看着儿子每次有话锋指向身边的女孩子,都表现出特别热情的样子,令他觉得有趣,这是一件好事,说明儿子总算长大了,从前无论他做什么都觉得有些欠妥当。

只有经历了真正的爱情,一个男孩子才会成长为顶天立地的男人。

陈天瑜则整晚都堆起笑脸,在酒店的灯晕下延伸出一种优雅和自信,秦妈妈会突然问一些角度刁钻的问题,好在都被她一一化解了。

"对了,刚才你说令尊是由空军转业到地方上的?你姓陈,令尊是不是叫陈清缘?"秦渊本来一直很少说话地陪衬着,这个问题一提出在场的其他人都愣住了。

"不错,家父的确是陈清缘,叔叔怎么知道的?"陈天瑜有点丈二和尚摸不着头脑。

秦渊侧身向妻子说道:"你还记得清缘吗?跟我一起转业的陈营长,后来他去了地方就职,我则选择了下海,那时候你还常带着岑阳去他们家玩,直到清缘调任到陕西我们两家才断了来往。"

秦妈妈也想起了这段往事,又仔细端详了一番陈天瑜道:"这孩子眉眼里还真有几分像她母亲年轻时的模样。"

秦渊看着两个震惊得说不出话来的年轻人,笑着又说道:"我没记错的话,天瑜你的生日是二十七号吧?"

"是的,叔叔记性真好呀。"

"后来你们一家去了陕西,什么时候又回的南京呀?"

陈天瑜忙把这些年自家的变化讲给了秦渊听,当年陈清缘到了陕西地方上就任,比较清苦一些,在小升初的时候让她回到南京这边上学,由爷爷奶奶照顾,与父母两地分居,直到父亲退休。

秦岑阳像个局外人一样看着父母和女朋友之间的叙旧:"天哪,你们这样子一点不符合剧本的走向啊。"

秦妈妈瞪了他一眼道:"符合什么剧本啊?"

得到话语权的秦岑阳指着餐桌前的其他人痛心疾首地说道:"我们的剧本在没有出现意外之前,应该是这样的,刚正不阿又古板严肃的父亲和精明能干善良大气的母亲,在儿子和女朋友的爱情面前,两个人发生了巨大的争执,最后儿子为了要和心爱的人在一起选择了离家出走……"

他还没有讲完就已经逗得其他人开怀大笑。陈天瑜望着眼前的一家人,觉得暖暖的,幸福也许离自己越来越近了。

离开酒店的时候已经晚上9点多了,秦渊刚回到南京,旅途劳顿需要早点回去休息。秦妈妈便开车载他走了,走前还对陈天瑜再三嘱咐道:"天瑜呀,回去后告诉你爸爸就说叔叔请他喝酒,二十年没见了,竟然还成了亲家,想想我就觉得开心啊。"

陈天瑜使劲点头答应着,和秦岑阳一起目送他们离开。

"事情比我想的美满十万分,好想吻你。"秦岑阳转身抱住还在望着车子远去的陈天瑜,把脑袋搁在她脖颈之间摩挲。

"不要站在这里给别人制造视觉热点了,我开车去,你别乱跑。"

静如秋水的夜色中,两个人对未来都充满了憧憬。回去的路上秦岑阳因为醉酒的缘故,歪在座位上睡着了。陈天瑜开得很慢,静静地看车窗外瞬间变换着的夜景。

第四十章

自从这天晚上以后,陈天瑜和秦岑阳算是正式同居了,两人大部分时间是住在陈天瑜这边的,偶尔也会回秦岑阳的公寓。

而秦岑阳的父母则在第二日就登门拜访了陈清缘夫妇,这件事没有通知他,或许大人们这次只是叙旧,并不想把他们的感情掺和在里面。

两家人正式会晤是一星期后的某天,整个过程就像秦岑阳说的那样:"他们四个大人完全不顾及我们的感受,一副亲家久矣的模样,仿佛这次是我们已经结婚十几年的某次聚餐,大家其乐融融。"

陈天瑜一边享受着幸福一边担心会有什么事发生,因为最近时常有个名字出现在她的脑海,那就是安泠。感情之外她是个理性到极致的职业女性,只有在爱情面前才会患得患失。

她说过,阳光普照的大地也有阴暗潮湿的角落在滋生苔藓。即使现世安稳也该心知肚明,在一起的时间不会很长,或许几个月,几年,但总之不会是一辈子,因为爱是没有未来的。

玫瑰花开后却期待它永远不要凋落,要爱就要经受离别之苦。

想在他们幸福上插一刀的人便是安姣然。

从秦岑阳那里得知舅妈并没有阻止他们交往的消息后，安姣然犹是不甘心，仗着母亲的宠爱，软磨硬泡让母亲秦蕙出头说服舅舅反对他们在一起。

秦蕙开始不同意，多此一事还得罪自己娘家嫂子和可能成为下一任秦家主母的女人，这生意做得实在是亏本。安姣然却不依不饶："堂姐马上回国了，如果母亲这时候帮她留住秦岑阳，安泠姐日后一定会知恩图报的。"

秦蕙在安家不受欢迎，一时也想讨好这个全家寄予厚望的大小姐安泠。想到这里就打电话给哥哥秦渊，约了晚上去吃晚饭，提前还带了女儿去做美容。

晚上的时候，打扮得体，妆容精致的母女二人驱车到了秦渊在南京住处的小区楼下，这边的环境很安静，几乎没有城市里的那些喧闹。

秦蕙看了一眼三楼窗户的灯光，对女儿说道："我们上去吧，一会儿见到你舅舅和舅妈嘴巴甜一些，眼睛活泛一点，见机行事，听懂了吗？"

安姣然挽着母亲的手臂不耐烦地应道："知道啦，这些我早就学会了，妈妈你就不要唠叨了，烦不烦呀？"

秦蕙叹息："你呀，什么时候能学得跟你堂姐一样聪慧，我就不用整天为你操心了。"说话的工夫，已然到了三楼，按过门铃很快就有人开门，出来的是秦渊的妻子钟锦红。

"舅妈好久不见。"安姣然笑得天真烂漫。

钟锦红对这对母女没有什么好感，却没有表现出来，毕竟是丈夫的亲妹妹，脸面总还是要顾及的。

"晚饭刚做好，就等你们了，听说姣然要过来，你舅舅都亲自下厨去了，要给你做最爱吃的拔丝山药呢。"

客厅里弥漫着菜香,让安姣然开心不已,撒娇道:"还是舅舅最疼我了,好久没有吃到这么好吃的家常菜了,自从我14岁生日之后,就没有再见舅舅下厨了。"

"还不都是为了你,看你面子多大。"秦蕙对哥哥很敬重,也感激他一直照拂自己和女儿。

一声爽朗的笑声过后,秦渊端着一盘刚做好的拔丝山药从厨房里出来,摆在桌子中间,笑道:"姣然最爱吃的,快点趁热尝尝,看看舅舅的手艺退步了没?"

安姣然也不客气,夹了一块山药在清水里蘸了一下,再放进嘴里,仔细品尝后赞不绝口:"不愧是舅舅,厨艺一点都没有退步,简直人间美味呀。"

秦渊很是受用,洗过手摘了围裙挨着妻子坐下说道:"都尝尝我的厨艺,这几年已经很少进厨房了,今天一时兴起,犒赏下你们。"

钟锦红露出温和的笑容,对于秦蕙她即使不喜欢也不会在丈夫面前稍有失礼,端起酒杯道:"这是你舅舅上次去法国带回来的葡萄酒,姣然要不要尝尝?已经大学了吧,喝一点应该没事的。"

安姣然对这个舅妈是有些敬畏的,她早就开始喝酒了,却还是假装第一次喝,怯生生地接过钟锦红给她斟满的酒杯:"谢谢舅妈。"

剩下的时间里,整个就餐过程就都是秦蕙和秦渊在叙旧了,钟锦红偶尔插嘴,表现出女主人的气场和亲近。

第四十一章

"我哥今天怎么没有回来吃饭?"饭后安姣然故作疑惑地问道。

"岑阳现在有女朋友了,小两口在外面腻歪都不够,当然就懒得回来嘛,哈哈。"秦渊的语气虽然是调侃的,但满是宠溺,任何人听了都能够感觉到,他对未来的儿媳妇很满意。

但总有人喜欢假装听不出别人的言外之意。

"咦,哥哥什么时候又谈女朋友了呀?"安姣然露出不知情的表情惊讶道,"舅舅说的女朋友不会是那个心理医生陈天瑜吧?"

秦渊看她如此反应,有点不悦,但面上毫无体现,只道:"是天瑜,姣然见过她了吗?"

"舅妈——"安姣然撒娇地坐过去,挽住钟锦红的手臂娇嗔道,"我上次给您的视频您没看吗?我还以为您早就阻止了我哥和那个第三者来往了呢。"

"姣然!不要随便出口伤人。"秦渊呵斥道。

秦蕙见女儿吃亏忙帮腔道:"哥这么大声音做什么,童言无忌,姣然也是关心她哥哥才会对那个女生不敬的。"

安姣然趁势委屈道:"舅舅你听我说,这个陈天瑜之前当过第三者,破坏别人家庭,后来那个女主人跑到南京找她报复,还把她从楼顶上推了下来,当时很多人在围观,还有好事者拍了视频传到网上,我才知道她居然是这样的人。"

秦渊不解地看向妻子钟锦红问道:"怎么回事?"

钟锦红在心底冷笑一声,对母女俩的行径嗤之以鼻,面上却是毫无波澜:"我后来问过岑阳了,事情不是这么回事,那天他们去市场买花刚好碰到一个精神失常的女人撒泼,那个女人原来见过,是天瑜一个病人前男友的妻子,有一次她错把天瑜当作了那个病人,之后就一直以为破坏自己家庭让老公念念不忘的前女友是天瑜。后来就跑到南京想和前女友同归于尽,于是就把误作前女友的天瑜推下了楼顶。"

"原来如此。那就没事了,天瑜也是受害者。"秦渊说道。

"哥,嫂子,你们可不能这么说,这件事的前因后果你们调查过吗?万一是岑阳为了不想和女朋友分手故意这么说的呢……"

"岑阳不是这种孩子。"秦渊忙打断她的话,他知道妻子是个多心的人,秦蕙再说下去势必会引起她的反感。

秦蕙看着哥哥的表情虽然心有不甘,但还是把想说的话重新咽了下去。想起出门时母亲的叮嘱,安姣然也没有敢随意说话,眼睛盯着舅舅,露出小白兔一样无辜的表情。顿时气氛变得有些尴尬,钟锦红轻微地咳嗽一声,对丈夫说道:"没事,这件事我已经了解过了,我相信岑阳对我的解释。天瑜这孩子你也见过了,要学识有学识,要家教有家教,我们如果因为一些不明所以的因素去指责她是不对的。"

钟锦红说到"家教"两个字时刻意加重了语气,似有所指。

整个客厅陷入了一种微妙的氛围,秦蕙望着自己的哥哥思忖着,不是不想生气,刚才钟锦红的话几乎让她要跳起来跟她理论。可是看到自己哥哥脸上淡淡勾勒出不在意的神情,秦蕙有些气馁。看出母亲心思的安姣然立刻状似莽撞却是小心翼翼地凑过头去问舅舅道:"舅舅原来见过哥哥的那个女朋友啦？我上次也在我们学校的一次讲座上见过，她和我们教授很亲密地互动，听说后来教授的太太都吃醋了呢，当时我还不知道她和哥哥在一起了……要是知道她是我嫂子，我才不会那么说。"

到她如此说话，钟锦红连连摇头暗自不屑道："这么愚蠢也好意思跑出来。"秦蕙意识到说陈天瑜的不好是错误的举动，忙笑一笑道："姣然不要乱说话了，你看你舅妈怎么会听取你一个小孩子的意见呀？"

秦渊此时也看出了妹妹这次过来是有目的地针对陈天瑜，疑惑地看向秦蕙道："你什么时候认识的天瑜？"

"我妈妈当然不认识，我跟哥哥的女朋友见过几次，那个视频不管如何，能被人骂第三者肯定有她不对的地方，不然南京市这么大为什么别人偏偏骂她去？"

安姣然看出了舅舅的疑惑，又添油加醋地把自己去崇爱被冷落的事情讲了一番，最后得出结论："哥哥肯定是被她蒙蔽了，她是学心理学的，擅长勾引人，舅舅不要放任不管呀，将来还不知道会惹出什么祸端来。"

砰——

杯子坠地的尖锐声打断了安姣然的话语，只见钟锦红看都不看眼前的狼藉，冷冷地说道："我们秦家人的婚事几时要安家人来做主了？"

秦蕙先是一愣，随即也出口不饶人地说道："姣然也是好心提醒你们，岑阳娶谁我们自然管不着，嫂子，不是我有意见，你看这几年你在家里嚣张跋扈惯了，甚至保姆都不雇用一个，让我哥哥劳累一天了还要给你做饭，你不要觉得我们秦家人都好欺负。"

这几句话说得十分刁钻，本来是钟锦红怒斥她们母女干涉自己家家事，又刻意说了秦家人和安家人，秦蕙反应何等敏捷，驳她的同时又强调了自己也姓秦,而你姓钟的才是外人。

秦渊从第一眼看到陈天瑜,就觉得这个女孩子是他见过的后辈中的出类拔萃者,能跟着自己那个不成器的儿子,他都觉得委屈了人家姑娘,如今却被自己的外甥女如此诋毁,而自己妹妹又一味包庇,心里自然十分不悦,遂冷着脸道:"这说的什么话,我跟你嫂子几十年的感情,也不用你在这里说三说四,你看看你这个样子又怎么能教得好姣然,关于岑阳和天瑜的事情,你们不要再掺和了,有那个时间不如带姣然去学学钢琴,免得将来连个拿得出手的才艺也没有。"

秦蕙看到哥哥对自己也这个态度,气得她拉起坐在身边的安姣然就往门口走,走到一半又顿住转身说道:"安泠下个月回国,我倒是希望你们能管好自己的宝贝儿子,不要到时候看到我侄女安泠了又想旧情复燃。"

这话彻底激怒了钟锦红:"他既然是我儿子,就不会吃回头草。"

秦渊看看摔门而去的母女二人,又看看已经气急败坏的妻子,突然对妻子笑道:"你看我们为了他们的婚事吵成这样,两个孩子却全不知情,好了好了,别生气了,快点上楼吧,我打电话让钟点工过来收拾一下。"

钟锦红这才缓和了下来,看着一地的狼藉不由得埋怨道:"你难得下次厨房,本来心情不错,都让她们破坏了,以后不许你再亲自下厨给她们做东西吃了。"

秦渊连连答应,又讲了许多好话才哄得妻子上楼去。

陈天瑜要是知道今天晚上发生的事情,必然会感到欣慰,未来的公婆始终如一地选择相信她,并在安姣然母女二人面前维护她的尊严,倘若今天有一丝怀疑,他日安姣然也就有了对她下黑手的底气了。

第四十二章

夜已经很深了,陈天瑜坐在电脑前不停地回复积攒了一周的邮件,有邀请她去讲座的,也有询问心理健康知识的。秦岑阳望着她的背影有点痴,手机上循环播放着他们两个都爱听的歌。

"咦?"陈天瑜突然疑惑地顿住,回头看了一眼床上的秦岑阳又继续查看邮件,这是一封没有署名的邮件,里面有一段音频,她犹豫了一下带上耳麦。

这不是恶作剧,也不是有人向她请教问题,而是蓄意的阴谋。整个音频都是剪辑在一起的,里面的声音熟悉到不能再熟悉了,陈天瑜再次回头看着秦岑阳,表情复杂。

"怎么了?"秦岑阳从床上跳了下来,不顾陈天瑜的抗拒摘下她的耳麦戴上,当他听到里面的录音时,整个人如同经受电击一般呆立当场。

"哪儿来的?谁发来的?居心叵测啊,这是谁干的?"

"你冷静点,是谁干的你会不知道?这种东西会流到外人手里?"

陈天瑜没有太大反应,心底固然有些不舒服,但看到秦岑阳的窘迫,她相信他是不知情的。陷入热恋中的少男少女做出什么样的出格事情都情有可原，这样想着，她站起来抱了一下还在愤怒中的秦岑阳，温柔地说道："干吗生这么大的气，虽然不知道这是谁发来的，但他的目的是明确的，就是挑拨我们之间的感情。我才不会上他们的当，你也要快点忘了这件事，一封来路不明的邮件删了它就好。"

秦岑阳把脑袋埋在她肩膀上，十分沮丧地道："她不是那样的人啊，但是除了她又能有谁？"

"别想了，我一会儿给个回复告诉他泄露别人隐私是违法的，不管谁干的，我觉得至少要立刻报警不能继续往外泄露，你这边我很相信你，当然问题不大。倘若给女生造成不好的影响，那就是很难抹去的黑点了。"

秦岑阳抬起头望着眼前的女子，她身材瘦削、眉眼分明，有白皙的皮肤和好看的唇形，即使有人发来这样的邮件，她第一时间选择了相信和理解自己，甚至考虑着音频里面另一个女孩子的名声如何不会受到影响。

"天瑜，我一定是上辈子做了什么好事，今生才能遇到你。"

"好啦，别胡思乱想了，快点睡觉吧，我忙完了也马上就睡。"

秦岑阳哪儿还有什么睡意，他看着继续工作的陈天瑜，心底里是满满的疑惑，那个音频分明是他和安泠相爱时录下来的，可是无论怎么回忆也不记得安泠有过这样的爱好。

很快，陈天瑜合上了电脑，浴室里传来哗啦啦的水声。她并没有表现得那样满不在乎，是有些介意吧。她听得出来，这应该是秦岑阳和安泠热恋时的录音，两个人说着亲密的话，然后做着许多情侣都会做的事情。

秦岑阳是她唯一一个男人，所以她无法体会到两个人相爱过又分开与另一个人相爱是什么感觉。当听到这段录音时，她第一反应居然是害怕，不敢听下去，甚至还立刻怀疑秦岑阳是否真的爱自己。

但陈天瑜毕竟是个理性大于感性的女人，有人在这个时候寄来这种邮件肯定是怀着挑拨离间的目的，绝不能让他得逞，这样想着就好受多了。再说，那些都是过去的事情了，是发生在自己没有参与过的时光，吃这样的醋，那岂不是太傻了。

洗完澡时已经豁然开朗了许多，陈天瑜吹干头发挨着秦岑阳躺下。

"天瑜。"秦岑阳感受到她的存在后，立刻睁开眼并将她抱在怀里。

"嗯？还没有睡着呀？"

"我爱你，是前所未有的不顾一切的爱。"

"我也爱你。"

陈天瑜热烈地回应了他。

这一刻两个人像是第一次拥抱接吻一般，悸动，不管不顾，仿佛黑夜可以给人带来无尽的欲望。

"无论如何我们都不要分开。"秦岑阳看着已经被自己折腾累了甜甜睡去的女人悠悠地叹息道。

微信上有未读的信息，是安泠发来的："岑阳，下个月十号我要回国啦，好想好想你，记得来接我喔，爱你，么么哒。"

秦岑阳不知道安泠为什么突然想起回国了，更不知道她在沉默了两年后为什么还可以这样亲昵地给自己发信息，难道她以为自己还是那个无论她做出什么事情只要她回头微笑，就屁颠屁颠跑过去的秦岑阳吗？

就在这一刻，秦岑阳可以万分肯定自己已然对安泠没有任何感觉了，他的心已经被怀中的女人塞得满满的，再也没有地方去容纳什么青梅竹马了。

秦岑阳辗转反侧还是睡不着，忽然孩子气地做了个恶作剧，在陈天瑜脸上画了一只可爱的猫咪，萌萌的睡颜加上她哆啦A梦的睡衣，就像一个不染一尘的小姑娘。秦岑阳意犹未尽地用手机拍下了一张照片，发到朋友圈并引用了《化身孤岛的鲸》里面的经典句子道："你眼中有春与秋，胜过我见过爱过的所有山川与河流。"

本以为这个时间段没人在线，却收到安泠秒回的评论："为什么不回我信息却发这个，你在跟我赌气吗？"

秦岑阳皱眉暗自纳闷："为什么女孩子的思维都这么奇怪，不理你是因为不想理你，我发动态也不是为了给你看啊，这些年我也没少发怎么不见你点赞回复？"

想到这里，秦岑阳很冷淡地回了句："你想多了，我觉得女朋友睡颜太可爱了，我忍不住拍下来，跟你没有任何关系。还有，我有女朋友后，已经不大习惯和她以外的女生聊天了，请见谅。"

困意袭来，关掉手机后，秦岑阳陷入了一个美妙的梦境，那里有很多的玫瑰花和无数的星星，简直妙不可言。

第四十三章

　　第二天是周末,两个人都不用去上班,于是下午补觉到暮色四合。等秦岑阳醒来的时候,陈天瑜已经在客厅看电视了,电视里放着老歌。她吃了一瓣柚子,觉得苦得催人泪下,但还是咬牙吃下去了。心里还冒出些奇异的想法,这柚子的果肉吃起来已经如此苦涩,那它生长时该是经历了多少痛苦呢?又或者,是它不满于被人摘下来供人食用,内心郁结难抒,苦了自己也苦了别人?

　　陈天瑜心想,草木尚且如此,遑论人世呢。

　　"今天周末,怎么不多睡一点呢?"秦岑阳不知道什么时候醒来了,走到她面前捏了一瓣柚子放进嘴里,苦得他眉毛都拧在了一起。

　　"在想晚上吃什么呢。"

　　"不如我给你做糖醋鱼吧,我们一起去楼下市场好了,再买点青菜。"

　　傍晚的菜市场有点拥挤,秦岑阳挑了一条很肥美的鲤鱼,那鱼还痛苦挣扎着,却不知道人类只想着如何处理它以便早点端上桌。鱼贩杀鱼的时候有点粗暴,先将鱼在地上摔了一下,摔得它一双眼珠充了血,几乎脱出眼眶,鱼嘴圆张,似乎仍然难以相信自己的生命就这么简单粗暴地被了结了,它的身子微微抽搐,没有多久终于不再动弹了。

这条鱼死的时候会想些什么呢?它有过怎样的经历?是否也曾无忧无虑地自在游弋?

秦岑阳正在胡思乱想时,鱼贩已经把洗干净的鱼装在塑料袋里递给了他,付过钱拎在手里才一转身,就碰到陈天瑜正好买完东西过来找他。

"都买齐了吗?"秦岑阳问道,顺手接过她手上的东西。

"买齐了,我们回家吧。"

他们走在人群里,很快就被淹没了。这世上都是碌碌俗世的无为俗人,一边小心过着自己的小日子,一边留神心底里某一处净土不被沾惹。

秦岑阳的手机铃声响起,他好不容易从口袋里掏出手机,却是个陌生号码,微皱眉便接了起来,却无人说话。陈天瑜有点疑惑地看着他问道:"怎么了?"

"没有人说话,这个号码我也不认识,会不会是打错了呢?"秦岑阳一脸莫名其妙地挂断电话道。

陈天瑜没有作声,她觉得事情没有这么简单,却也说不出来哪里不对劲,难道是安姣然在背后捣乱?女人的直觉来得快却准得很。想到这里,陈天瑜联想起昨天晚上收到的音频,越发觉得是安姣然要对她做点什么了。

没有十足的把握,陈天瑜不会将自己的想法和疑惑告诉秦岑阳,毕竟始作俑者是他的妹妹,处理不好就会失去他的信任。

秦岑阳突然拉了一把低头走路的陈天瑜,一辆汽车擦身而过,两个人都吓了一跳。"想什么这么入神?"秦岑阳因为担心而声音颤抖,刚才的一幕吓坏了他,如果她受伤了……想到这里他就心痛得不能呼吸。

"没什么，就是走神了。"

"下次过马路一定不要胡思乱想，你看多危险，我们快点回家吧。"秦岑阳真是一刻也不想待在这拥挤的马路上了，只想快点回家去给她做好吃的，哄她开心。

好在停车的地方离得不远，将东西塞进后备箱，秦岑阳看陈天瑜要坐到驾驶座上便说道："我来开吧，你坐旁边系好安全带。"

陈天瑜这次竟然乖乖地听话，真的坐到副驾驶座上去了。秦岑阳也坐到了车里，忽然吻上了她的唇，仔细亲吻一遍才道："刚才吓死我了，以后不许你走在路上分心想别的事情。"

回到家中秦岑阳去厨房放东西，陈天瑜则习惯性地又打开电脑查看有什么邮件需要回复。"岑阳，你快过来。"她声音有点尖锐。

"怎么了？"秦岑阳边系围裙边走过来问道，"你看那人又发来邮件了。"陈天瑜指着电脑上刚打开的邮箱有点郁闷。

秦岑阳笑容僵住了。

"有人要挑拨我们吧？"陈天瑜望着他勉强一笑，故作轻快地说，"岑阳，要打开吗？你来，我不要看这种东西，我去厨房帮你洗菜，你看完了直接删除掉吧。"

秦岑阳明白她的意思，便没有反对。

这个世上没有完人，陈天瑜就更不是了。突如其来的这些事，让她开始认真地考虑，要不要同这个世界抗争到底。倘若必须以"侵害"自身的这种极为疼痛的方式去谋求和平，她也很想问几个为什么，似乎事情的症结在于，隐在黑暗里的那个人要看看他们"有没有能力和耐心让自己的爱情不受任何影响"。

秦岑阳坐在电脑前，一边打开邮件里的音频一边懊恼当初为何没有发现有人在录音，然而他不好意思正面去和天瑜解释这些，一来真是羞于诉说，二来也因为他对自己的感情万分的珍惜，不想有丝毫差池。

等他看完邮件走进厨房的时候陈天瑜正在切菜,天瑜头也没抬地问道:"都删了吗?"

"嗯,都删了,没有什么新鲜的,就是昨天那个人,可能想用这些东西让我们互相猜疑呢。"

陈天瑜放下刀,转身对他笑得犹如天使:"我可是心理学硕士毕业呀,怎么可能会被这点伎俩打败?"说完抱住秦岑阳,在他的额头上亲了一下。

陈天瑜自始至终没有像其他女孩子一样对他产生怀疑,这让秦岑阳特别感动,他认真地回应她道:"我无论什么时候都不会做出辜负你的事情来,我真害怕还有什么在后面等着。天瑜,只要不是我告诉你的,你就不要轻易相信好不好?"

"好。"陈天瑜答应道。

第四十四章

　　站在阳台上，感受着吹过来的忽冷忽热又潮湿的风，陈天瑜望着秦岑阳道："我研究过了，背后那人的目的显然是先拆散我们，然后再进行其他勾当，如果我们不分开，他也就无可奈何了。风自吹来，我自岿然不动，这才是正确的面对方式。"

　　突然陈天瑜的手机振动，她打开一看，是闺密叶澜的电话。

　　"喂，你个小没良心的，终于想起来给我打电话了啊。跑到德国就音信全无啊，我给你发的几封邮件你也不回我。"

　　"好好好，是我的错，宝贝，下次不会了。我十五号回国你来接我嘛，德国这边一点都不好玩，我再不想来了。"叶澜自上次和陈天瑜一起从张家界回来后就立即去了德国，名义上是去那边学习酒店管理，事实上她对柏林的执念这些年一直没有断过，那里有她牵挂的人。

　　叶澜大学时曾暗恋过自己的导师，后来导师去了柏林，她便心心念念地想出国去找他，直到今年夏天，父亲想让她去学酒店管理，她便趁机提出了去德国的要求，没想到竟得到了父亲的赞许。

　　等到了德国她才发现，现实中从来就没有童话故事，见到导师的时候他已经结婚了。他们第一次见面是在柏林的一间日式茶室，彼此在简单寒暄之后,便听他提起了自己的太太,他告诉叶澜如何感激太太将自己照料得如此之好。就在叶澜快要敷衍不下去的时候,他才问起了些她生活学习的经历,叶澜一直笑呵呵地望着他。

叶澜在讲述这些的时候心情还是很难过,又或者,这样因饱受折磨而越发小心翼翼的单恋,始终无法让人释怀吧。

陈天瑜隔着手机似已感受到她颤动的心跳,遂安慰道:"快点回来吧,你还有我呀。"

"这段时间我最想的就是你了,还有那个把你从我身边抢走的可恶男人,待我回去就收拾他。"

说完,两个人哈哈大笑起来,又聊了些日常生活话题才依依不舍地挂断了电话。

"是你经常提起的闺密吗?"秦岑阳这才出声询问道。

"对呀,叶澜要回来了,你知道吗?她是这个世界上最了解和体贴我的女人。"陈天瑜欢快地跳到沙发上坐好准备看会儿电视。

"那我呢?我不了解你不体贴你吗?"秦岑阳略带醋意地问道。

"你是我男人,她是我女人,哈哈。"

秦岑阳撇撇嘴不作声。陈天瑜指指身边示意他也坐过来,待秦岑阳坐下后,立刻小猫一样钻到他怀里撒娇:"乖,不吃醋,这个世上我还是最爱你的,独一无二的爱。"

"我也是。"

两个人对视,便有一眼万年之感。

空气中一时静默。

秦岑阳知道,这些日子以来她都在克制自己的情绪,她不想让自己变得无理取闹或者歇斯底里。

第二天依旧如此,陈天瑜唤秦岑阳过来,神情复杂地告诉他,又有邮件继续发过来了,陈天瑜扶额:"希望背后的那人能够尽快地浮出水面,这样下去,真是折磨人。"

陈天瑜心里明白,那人就是要静静地看着她,看她受苦,看她不安,看她想要报复……看她的一切,他却躲在黑暗里偷笑。

实话说,这种把戏本是冲着她和秦岑阳来的,那么这个人是谁根本不用思考就能知道是谁了,录音这种事如果不是当事人又能有谁?

"安泠?"陈天瑜终于还是问了出来。

"我不知道,但我想不明白她为什么这么做。当初是她离开我,不是我辜负她,如今这样做,我就想不通了。"秦岑阳苦笑道。他伸手把陈天瑜圈在怀里:"天瑜,我会解决好这件事的,你不要苦恼,我不会让她伤害你。"

陈天瑜缓缓抬起头,本来纠结在一起的双眉已经舒展开了,她的眼睫轻轻眨动,清澄的眸子全是信任:"傻瓜,我当然是要和你一起解决这件事呀,怎么会怪你?"

这样的邮件又如此反复地出现过几次,然后就突然销声匿迹了。

秦岑阳在报社的工作随着秋深冬近也逐渐忙碌起来了,下午来崇爱诊所的次数少了许多。

傍晚的余光金灿灿地洒在桌子上,陈天瑜笔尖略顿,看着纸上的几行字甚是不满意,遂团在一起丢到垃圾桶里重新写。

"天瑜姐,你今天写了一下午的字了,手不酸吗?"白露敲门进来看到她还在练字关心地问道。

"没事,好久不写字了,感觉有些陌生倒是真的。"

"我刚才看到小林在你办公室门口鬼鬼祟祟的,是你叫她过来的吗?"

陈天瑜抬头望着她,半响才道:"白露,我们认识也有三年了,我对你的信任你是知道的,说说看吧,你觉得这个小林哪里不对劲呢?"

白露沉思一会儿道:"也说不上来,就是每次她看你的眼神就像黑夜里的猫眼睛,怪怪的,而且秦先生来的时候她也会特别殷勤,你看过《甄嬛传》吧,她给我的感觉就像那个浣碧。"

"哈哈,你还挺有想象力的。"

"你看,我说了你又不信,我不说了。"

"信,当然信,我觉得你说得十分到位,不过《甄嬛传》我没看过,我晚上看看,研究研究那个浣碧是什么情况。"

"等我想想,月底让她走人算了。"在写完最后一个字后,陈天瑜懒懒地靠到椅背上说。

白露不再说话,退出了办公室。

陈天瑜一个人呆坐着直到下班,秦岑阳没有来接她,这已经是她第七天独自一个人回家了。开车上路没多久就遇到了堵车,周围有急躁的喇叭声,前面不远的红绿灯仍然在控制着行人和车的距离。

车窗外有淡黄色的日光射进来,又被分割成若干块,仔细看时有尘埃如雪。绿灯才亮,周围的车已经冲了出去,陈天瑜这才慢悠悠地跟上大家的节奏,离开了这段拥挤的道路。

到家时,秦岑阳已经回来了,他在厨房忙碌着,早上出门时穿的灰黑西裤还没来得及换下来,裤脚垂坠笔直,即使系着围裙,纯白的衬衣还是让他的背影看上去像清澈的天空,干净得让人想抱住不放,而他低着头,只专注手上的刀和切下来的菜。

"我回来了。"陈天瑜暖暖地打招呼。

"快点去洗手,我今天做了你爱吃的醋熘山药和红烧茄子。"

压抑一天的情绪在哗啦啦的水声里彻底得到了释放,陈天瑜听着厨房传来的声音忽然想哭。

第四十五章

陈天瑜见过很多抑郁症患者或者有心理压力的人,所以在她的眼里,一个个如此饱经苦难、被生活打磨得似蝉翼般单薄轻轻一碰即痛入骨髓的女子的周围,必然有一个让她做什么都会黯然失色的男人。

只是当得知叶澜在德国受挫准备回国时,她还是感到很意外,因为自从相识以来,叶澜的履历上还没有留下过"失败"这种经历。

下午两点的南京禄口机场,陈天瑜百无聊赖地看着手机上的实时新闻,还有10分钟就可以见到叶澜了,从张家界回来后她就直接出国了,一别就是大半年。作为闺密,陈天瑜此时的心情自然不用说了,难免有些焦急。

"天瑜,这边这边。唉呀,急死了,没想到飞机竟然晚点了,不好意思啦。"叶澜刚出了安检口就看到了等在外面的陈天瑜,她一边挥手,一边拖着行李箱走了过来。

陈天瑜忙迎了过去,接过她手上的行李箱询问道:"累不累?去吃饭还是直接回家呀?"

"先回家吧,我要睡一觉再起来吃东西。"

"怎么了?"

叶澜正走着,忽然看到陈天瑜停下来望着前面不作声,顺着她的视线望去,叶澜看到一位刚下飞机的女孩子在跟她国内的亲朋好友**热情地拥抱打招呼**。

"没什么,你不是定的十五号的飞机吗?怎么提前了呢?"陈天瑜把视线收回又问起叶澜突然提前半个月回来是什么缘故。

"也没什么,实在待不下去了。你不知道啊,每次我看到他和他夫人从我眼前经过我就觉得全世界充满了恶意。最恶心的是,他有一次喝多了,居然跑来敲我的门,呸,当我是免费的备胎啊?我越想**越窝囊**,就连夜改签了,想回国早点见到你。"

叶澜讲这些时心情已经很平静了,陈天瑜却感受到了很大程度上的震惊和心疼,不由得又望了望刚才那个女孩拥抱亲人的地方。她此时多想打个电话。

"你等下,我打个电话给我男朋友。"陈天瑜还是没有忍住。

手机铃声响后的第三十二秒秦岑阳接起了电话:"喂,有事吗?"

陈天瑜望着人来人往的眼前道:"我现在在禄口机场,叶澜提前回来了,晚上你有时间吗?有的话早点回来,我们一起吃晚饭好不?"

那边是大片大片的沉默,沉默到她以为他挂断了电话,就在她快要绝望的时候秦岑阳的声音从背后传来:"往后看。"

陈天瑜转身竟看到笑意盈盈的秦岑阳就站在身后。她鼻子一酸,果然刚才没有看错,那个女孩拥抱的人是秦岑阳。

虽然在刚才她曾无数次地想着他为什么出现在机场,但当秦岑阳毫不回避地出现在她眼前,与她面对面的时候,她忽然想通了,自己怎么能开始怀疑他呢?他就是来接机必然也有他这么做的原因。惭愧,她都有点儿不肯定自己眼前的人是不是看穿了她的那点小心思,宁愿刚才只是自己的幻觉。

"怎么不给我介绍一下呀？"叶澜上下打量了一番秦岑阳，心里了然，这就是闺密的男朋友了。

陈天瑜这才发觉自己刚才有些失神，忙道："这是我男朋友秦岑阳。"顿了顿才对秦岑阳道，"这就是我闺密叶澜，我经常跟你提起的那个。"

"你好，久仰叶澜小姐威名。"

"你好，我也是。"

三个人忍不住笑了起来。

"你怎么会在机场？"陈天瑜还是没有忍住问了出来。

秦岑阳诧异道："你刚才不是看到了吗？我今天是过来接安泠的，姣然死活非要拉上我一起来，我提前拒绝了好几次，后来看她太执着就答应了，本来想一会儿打电话给你的，谁知道被你撞了个正着。"

直到这时，陈天瑜才发现，这段时间自己不以为意地表现出来的坚强和淡定原来都是虚假的表象。"那个抱着你的女生是安泠吗？"

叶澜听得迷迷糊糊的，忍不住插言道："你们两个在打哑谜吗？"

秦岑阳嗯了一声，伸手揉揉陈天瑜的脑袋道："我们先回去再说，你不是说叶澜旅途劳顿吗？"

三个人并排向外走，一时都静默了下来。

叶澜不肯回父亲家住，她自己的公寓就在陈天瑜楼上，当初为了和她离得近些才任性地买了她楼上的房子。

看着叶澜走进楼上的房子，秦岑阳目瞪口呆道："你们俩果然是真闺密，居然连买房子都要选能做邻居的。"

"对呀，你说是不是真爱？"陈天瑜笑道。

"是真爱，看得我都吃醋了。"

"你们两个能不能照顾一下我这个情场失意落魄回国的柔弱女子的心情?一路上秀恩爱我早就忍无可忍了,回到家还是这么甜腻,还让不让我活了呀!"叶澜故意一副生无可恋的模样。

"好了,你先睡会儿,晚上给你打电话下来吃饭。"陈天瑜帮她把行李箱放在客厅里,又叮嘱她不要睡过头了,才拉着秦岑阳下楼去了。

第四十六章

才一进客厅,陈天瑜便如脱缰的野马狠狠地抱着秦岑阳就吻了上去,不容许他迟疑反抗,那吻是霸道和激烈的,像是在宣示她的主权。

秦岑阳明白她的心情,一点点热烈地回应她,只要她要的都愿意付出。

缠绵过后,秦岑阳拥着她躺在床上看着她小心翼翼欲言又止的模样,就像一只委屈的小白兔,不由得嘴角勾起一抹坏坏的笑,逗她道:"怕我跟人跑了就使用魅惑之术吗?"

"嗯。"陈天瑜诚实地承认。

"傻瓜,我就是你的,不会跟别的女人跑的。"秦岑阳揉揉她的头发才缓缓说出下午为什么会出现在机场的原因。

原来安泠早就通知了他是今天下午的飞机,但秦岑阳因为邮件的缘故一直对她抱有戒心,怕是去了又有什么把柄落在她手里,到时候拿来给天瑜看就解释不清了,就直接拒绝了她让他去接机的请求。

竟没想到安姣然打来电话说安泠坐的航班和陈天瑜闺密叶澜是同一班,如果他不去机场接安泠,她担心安泠会拦住她们说些什么。

秦岑阳当时没有细想，这时却立刻认为最近的事情都是安泠在背后搞鬼，如果让她再跟天瑜说些什么，不知道能挑起些什么风浪出来。

如果一开始说明白了，两个人今天在机场碰到也不会生什么嫌隙，不知为何秦岑阳在陈天瑜面前总是羞于提起安泠，不是因为深情难忘，恰恰相反他是觉得羞耻，曾经那个为了安泠不顾一切的秦岑阳就像时光尽头的一个没有长大的小丑，如果当时安泠不是像个女王般一再将他的心撕裂丢进垃圾桶又无辜地回来找他，他也许不会把自己锁起来那么久。

当秦岑阳在机场被安泠突然而来的拥抱吓一跳时，恰好陈天瑜挽了一个陌生女子从他不远处走过，他才意识到这是一场阴谋，忙挣开安泠的拥抱说了声："安泠，对不起，让姣然送你回去吧，我有点事先走了。"

"岑阳。"

"哥哥！"

两个人齐声唤道，俱是不满的口气。秦岑阳怕被误会了什么，便在人群里寻找刚走过去的陈天瑜，就在他快要追上的时候却听到手机铃声响起，是陈天瑜打来的，他明白她在等他给自己一个解释。

秦岑阳讲完这些，看着怀里温柔如小猫一样的女子不由得笑道："还好你不像大街上揪着耳朵打男朋友的那种女人，不然我就要受皮肉之苦了。"

"哼，我才没有那么小气。"

陈天瑜不知道安姣然和安泠要做什么，也许只是单纯地想拆散他们："以后不要见她们了吗？"

"不见的可能性不大，还不知道邮件是她们两个谁发的，不管怎样这件事要有个完全的了断，等明天我去跟姣然聊聊，让她不要跟着她姐姐胡闹。"秦岑阳说得很理性,"但你放心,安泠我是不会再见了,她心计深,还不知道又会惹出什么幺蛾子来。"

陈天瑜把脸埋在他胸前,不置可否地笑了笑。

晚上8点多,叶澜睡醒后下楼来敲门,开门的是秦岑阳,她眼前一亮:"你们两个居然同居了啊?"

"想去哪儿吃饭?"陈天瑜打断了她想继续深入八卦的想法。

"海底捞,就太平南路那家。另外,我没有生活费了,未来半个月都要你们两个请我吃饭,算作补偿我既失去心爱男人又失去心爱女人的痛苦吧。"

陈天瑜抱着手臂坐在沙发的一角,看着叶澜好不容易把要说的话都说完了,又轻车熟路地从冰箱里拿出饮料和水果,冲着她打着招呼:"要不要来个苹果?"最终忍不住笑了起来,这样的场景何其熟悉,叶澜的身影穿过客厅的每个角落,又从厨房拿来一块蛋糕边吃边坐在了沙发的另一角上。

"我已经在网上订了座位,什么时候去呢?"秦岑阳看着沙发上的两位大小姐,"恭敬"地问道。

陈天瑜看向叶澜,悠悠地说道:"等她吃完这块蛋糕补个妆应该就可以出发了。"

秦岑阳从书架上拿了一本书:"既然如此,我就先看会儿书,走时喊我就行。"陈天瑜看了他一眼,"那你看书吧,一会儿喊你。"

秦岑阳在书房里有些心不在焉,外面客厅传来她们两个轻声谈笑的声音,既也无心细听,一时也看不进去书,索性闭目养神。

恍惚中看到安泠对着他微笑,一会儿又对着他哭泣:"岑阳,我回来了,你怎么可以不要我了?"一会儿又看到天瑜也走向他,看到他和安泠站在一起,冷冷道:"秦岑阳,你负我。"蓦地一下惊醒,才发现是做了一个短暂的梦。

这时候外面传来陈天瑜的声音:"岑阳,我们去海底捞啦,我给你带了一件外套,快点出来。"

秦岑阳揉揉太阳穴定了定神,看到外面已经灯火阑珊了,忙起身追着她们两个的身影下楼去,刚好看到陈天瑜已经把车子开了出来,"快点上车,不然一会儿路上该堵了。"

等到了海底捞才发现人已经不少了,陈天瑜刚坐下就有侍者过来询问,秦岑阳和叶澜也一左一右分别坐下。这里叶澜以前常来,她毫不客气地一下子就把要吃的点好了。陈天瑜望向秦岑阳道:"你还有什么需要点的吗?"秦岑阳表示没有异议:"这些我都觉得不错,先点这些吧,不够了再要。"

第四十七章

最初认识陈天瑜的时候,叶澜还没有察觉她有什么值得让人迷恋的地方,然而现在面对失意的自己,她没有八卦自己受了什么伤,没有刻意询问关于德国的任何话题。甚至在她点了海底捞最贵的餐品时,陈天瑜眼睛都没有眨一下,那神情分明就是:"只要你开心,花多少钱都无所谓。"

叶澜喝了三杯酒就已经有些醉意了,她望着秦岑阳道:"我跟你讲啊,你这辈子要是敢对不起天瑜,我叶澜第一个不饶你。"

秦岑阳笑着说道:"不敢不敢。"

如果一直在这里开心地吃火锅、喝酒,这样的夜晚倒也算得上美好而舒适,然而意外却常常是黑夜的追求者,在无边无际的黑夜里戏弄着没有能力反抗的凡人。

"一阵山水叮咚的声音,"你的手机响了。"陈天瑜碰碰忙着加菜的秦岑阳道。

"不是我的,是你的。"秦岑阳笑着提醒道。

陈天瑜这才想起来自己早上换了新的手机铃声,和秦岑阳用的是一支曲子,只不过他的是前奏,而自己的是尾声,不认真辨别很容易弄混。

"喂,你好。"

"什么?怎么回事?"

陈天瑜霍然从座位上站起来,意识到自己这样有些鲁莽,又慢慢地坐回去。

"白露,你别慌,立刻报警,然后封了我们的资料库,把流出去的能截流的就截流,不行的话就把能删掉的都删掉吧,不要给我们的顾客造成太大的影响。"说完这些,陈天瑜有些颓然地望着秦岑阳。

"发生什么事了?"叶澜和秦岑阳都担忧地问道。

"我们的顾客个人信息不知道被谁泄露出去了,已经发到几个大的门户网站上了。"

"怎么会这样?自己人做的吗?"秦岑阳皱眉道。

"差不多知道是谁了,前些日子白露提醒我防着她,我还是大意了。"陈天瑜有些懊恼,自从开这家心理诊所以来,自己的日子太顺风顺水了,以至于她能容忍那个人在她眼皮子底下待了这么久。

"天瑜,别担心,我们现在先回去,看看能不能把事情的影响降到最低。"

听秦岑阳如是说,叶澜也立刻表示同意。等回到家里打开电脑,陈天瑜立刻被眼前的一幕惊得说不出话来,不但所有的信息被泄露,就连顾客的一些隐私也被暴露了出来。

不知道为什么,秦岑阳觉得这件事跟安泠脱不开关系,陈天瑜没有得罪过其他人,他觉得最近的每一封邮件都跟安泠有关系,除了她,真想不到还有谁能这么做。

第二天早上,看着一夜未眠的陈天瑜,秦岑阳还是下定决心拨打了安泠的电话,没想到她很快就接起来了:"喂,岑阳?有什么事呀?"

"你现在在哪儿?我想跟你谈谈。"

"我在家里，有什么事你过来说吧。"

15分钟后，安泠的公寓。

"我女朋友的心理诊所的顾客资料被人盗了，我已经报警了，我想知道这件事跟你有关系吗？"

安泠先是沉默，听秦岑阳又问了一遍，方冷冷地答道："我在你眼里就是这个模样了吗？你女朋友的事和我有什么关系？你既然报警了就去警察局等着，来我家算什么情况？"

秦岑阳一怔，确实自己没有任何证据就直接怀疑她是说不过去的，但此时心急如焚又顾不得许多。

"从你说要回国开始就有人不断给天瑜发骚扰邮件，内容应该是你当年录的那些视频和录音，你怎么解释？"

"什么？这些不是我发的，我怎么可能做这种蠢事？"安泠也感到震惊。

"不是你又能是谁？这些东西本来就只有你知我知。"秦岑阳并不相信她不知情。

安泠犹豫了一会儿还是说了出来："姣然曾经盗用过我的账号。"

她刚说完这句话，突然想起什么似的，拉起秦岑阳的手臂就委屈地落下泪来："姣然什么性格你还不知道？当初若不是她跟我说喜欢你，我会选择一走了之吗？"

秦岑阳皱眉，觉得她的话哪里不对又无从反驳，细想一下她竟把当年的事一股脑儿都推到了自己妹妹身上，不由得让人更反感了几分。

"既然你不知道，那我冒昧了，我还有别的事，就先回去了。"

安泠没有再说话，眼睁睁地看着他走出去。以前每次他生气都是这样走掉的，但那时的步伐有留恋，现在却是恨不得飞一般逃离，不想多看自己一眼。

夜幕下的南京市既有都市风情又带着六朝遗韵，那秦淮河畔的歌舞升平，也如当年商女唱的《后庭花》一样让人沉醉。

穿过秦淮河又转了几次方向，终于在一座远离南区的独立别墅前停了下来。

"你怎么回来了？"秦渊看到突然回来的儿子有点纳闷。

秦岑阳大概是关心则乱，竟不知道如何帮天瑜处理好这件事，最后能想到的就是希望借助父亲的人脉来干涉。秦渊听他讲完不置可否，心里却已经有了安排，便对秦岑阳道："也没什么大不了的，你回去和天瑜说，让她不要慌，只要能控制住网络流传，其他的该走什么程序就走什么程序。"

秦岑阳看父亲并不在意，觉得安心许多，毕竟商场的尔虞我诈他经历得太多了，这种情况只是小儿科吧？

回到陈天瑜公寓的时候，她已经恢复常态，也不见了昨天晚上的慌张，叶澜正在陪她吃饭。

"你去上班了吗？"

"没有，去和父亲聊了聊，他说会帮忙控制住网上的流传趋势。"

"谢谢你和伯父，我已经让白露通知主要的客户到崇爱来一趟，赔偿金也都准备妥了，事情不会更糟糕的。"陈天瑜说得气定神闲，仿佛指点迷津的高人一般。

回到崇爱已经快中午了，陈天瑜看着站在面前的所有员工，只有小林没有来，大家都义愤填膺地望着小林的办公桌方向。

"这件事情大家都了解得差不多了，关于如何处理，我已经报警了，大家该怎么上班就怎么上班。"

陈天瑜没有借此机会整治人事，只是嘱咐白露以后加强对客户文件的保密工作。

一些顾客表示自己没受到影响,只有几位因为隐私被泄露十分恼火,看在陈天瑜赔偿态度积极的分儿上也就选择了不再追究。

收到警察传话是两天后的事情,根据监控录像和几位同事的口述,小林的嫌疑最大,但她已经好几天没有回家了,去向不明,警察在进一步调查中,陈天瑜便不再过问这件事了。

可惜,树欲静而风不止。

收到秦岑阳和安泠亲密合照是第三天下午的事情,照片直接寄到了崇爱心理诊所。

陈天瑜看到照片的一刹那心如刀绞,满心地失望,几乎动了立刻分手的念头。因为这些照片不是以前的旧照片而是刚拍的,日期恰好是崇爱出事的那天,自己忙于工作无瑕分身,他却偷偷和前女友见面,更可恨的是还被她从身后这样亲密无间地抱着。

陈天瑜的眼睛一阵酸涩,几乎要控制不住地流下泪来。

陈天瑜把这些照片原封不动地放回纸袋里,然后给秦岑阳打去了电话,说有事情要见他。秦岑阳则立刻火急火燎地赶了回来。

"你看看吧。"陈天瑜把纸袋往对面坐着的秦岑阳面前推了推。

秦岑阳不明所以地打开纸袋,等看清楚照片后,不由得怒了:"这谁送来的?"

"不知道,快递送过来的。"

"这些照片是最近拍的。"

秦岑阳当然知道这些照片是最近拍的,手指戳着照片对陈天瑜道:"我去找过她,是为了询问她和你出事有没有关系。"

"她说没有?"

"嗯。"

陈天瑜突然释怀了,怎么可以中这种简单的挑拨离间计,不由得嘴角上扬笑道:"差点怀疑你,你看我都变笨了,你要给我炖点营养品补充大脑了。"

　　"晚上想吃什么？"

　　"糖醋排骨。"

　　"好，一会儿回去给你做。"

第四十八章

接到安姣然电话时两个人刚吃过晚饭,她在电话里坦白承认了是她收买了小林,让她盗了客户资料散播出来的。

秦岑阳吓了一跳,在他看来这剧情反转得太快了。

陈天瑜默不作声,她心里也有疑惑,但她觉得安姣然虽然跋扈却不蠢,如此主动来揽下所有事情肯定是别有缘故的。

安姣然在电话里说道:"哥哥带天瑜姐来我家,我还有惊喜给你们。"

安家别墅里,陈天瑜和秦岑阳被人带到客厅,才发现还有一个人在这里,那个人就是安泠。

安泠丢下呆若木鸡的秦岑阳走到安姣然面前坐下:"我才刚回国,你就故伎重演,看把你哥哥震惊的。"

安姣然望了望秦岑阳,又露出一脸的笑容:"哥哥,你是要找小林吗?"

"她真是被你带走的吗?"

虽然用的是疑问句,语气却已无比肯定,秦岑阳难以想象面前这个小姑娘是他看着长大的妹妹。在他的眼里,妹妹虽然脾气刁蛮任性一些，却也活泼天真，怎么会做出这样的事情来？

"对呀，我就是想跟天瑜姐做个游戏，以前这个游戏我也和泠姐姐做过，她没有告诉过你吗？"安姣然没有任何隐瞒，坦然地承认了事情是她做的，反而让秦岑阳有些不知所措了。

"你闹够了吗？你以为你做这些，他就不会有女朋友，就一直都是你一个人的哥哥了吗？"安泠指着秦岑阳对安姣然冷冷说道，当年的往事一点点浮现在眼前，仿佛真的是安姣然破坏了他们，她才承认自己没有那么爱秦岑阳，最后还是选择了分手。

陈天瑜没有参与到她们的往事回忆里，坐在秦岑阳的身边一直自带气场让人无法忽视，而秦岑阳则下意识地抓住她的手，唯恐她丢下自己走掉似的。

安姣然似笑非笑地看着他们。安泠的脸色则有些难看，在陈天瑜出现之前，她从不会相信眼前的这个男人会不等自己的回头。

"你为什么这么做呢？"秦岑阳问道，脑海里还停留着一刻钟前与安姣然对峙的情景。谁知她却轻飘飘地说道："因为我不喜欢她。"

"你们先在屋子里等会儿，我有话要单独和天瑜姐说。"安姣然说完两个人就出去了。

突然屋子里的灯灭了，安泠吓得扑到秦岑阳怀里，道："什么情况？"

秦岑阳立刻把她从怀里拉起来扶正，下意识地保持距离，这让安泠面上很是尴尬。

另一边，安姣然看着一动不动的陈天瑜低声道："天瑜姐，我帮你考验考验我哥哥。"

陈天瑜终于忍不住道："你就为了这个把我带到这里来的吗？那你可真无聊啊。"

安姣然看着有点嫉妒,慢慢地已经明白为什么哥哥会那么爱这个女人,因为她和他才是一个世界的人,这一点自己和安泠都比不上。

"你不要生气,我本来就没有想伤害你的意思,那天下午我哥哥接了你的电话就把我和泠姐姐丢在机场不管了,我最讨厌他为了别的女生丢下我就走。从小到大他都最疼我最宠我,后来他喜欢我泠姐姐,我就帮他追她,可是他们恋爱以后就丢下我不管了,我就替他考验了一番泠姐姐,谁知道泠姐姐心里根本没有那么喜欢我哥哥。"

安姣然一个人在那里自说自话,显得很是寂寞。"你不知道啊,我哥哥以前对我可好了,小时候爸妈每次吵架就没有人给我做饭吃,我给哥哥打电话,他就会来接我去他家,然后给我做好吃的。"

陈天瑜意识到安姣然的精神有点异常,她一直在说小时候的事情,每一件和秦岑阳有关的事她都记得,像是不能停下来似的,说到动情处还会给陈天瑜模仿当时的情景。

突然,安姣然的手机铃声响起,她才从回忆里走出来不再讲下去,拿起手机边接听边走出了房间,走到门口时转身对陈天瑜做出了一个噤声的动作。

陈天瑜不想继续待在这里了,无论这次的事情是安姣然做的还是安泠指使的,她都不想继续追究了。至于小林,除非她永远不出现,否则会有法律来制裁她的。

陈天瑜重新回到房间,坐在秦岑阳身边轻声道:"不想待在这里了。"

秦岑阳起身牵着她的手道:"那我们回家吧。"

陈天瑜被他护在怀里一起往外走,到门口时忽然回头望了一眼他身后还坐着的女人,微微一笑。

车子停在安家别墅的门口。安姣然还在接听电话,看到他们出来摆摆手示意他们不要走。秦岑阳看向陈天瑜歪着头用眼神询问她的意见。

陈天瑜轻轻摇头,两个人便朝着车子的方向继续走,却在此时,一辆黑色的车像离弦的箭似的飞驰而来,目标竟是正在打电话的安姣然。

"啊——啊——"

安姣然吓得手机飞了出去,恐慌地看着马上要撞上来的车子:"走开——"

等安姣然再反应过来时,只看到陈天瑜的衣角在眼前一晃,砰的一声就被车子撞倒在地上了。

"天瑜——"

秦岑阳想去拽住她的手臂时已经晚了,看着她倒在地上,早已疯了似的奔过去。

"打电话叫救护车啊,别傻愣着——"

秦岑阳一边抱起陈天瑜一边冲着还在惊恐中不知所措的安姣然吼道。

安姣然这才慌慌张张地找到手机,手抖得几乎按不出急救中心的号码了。

"天瑜,天瑜你不要有事——"

秦岑阳的声音越来越焦急。

那辆车子一看没有撞到安姣然立刻掉头便要走,却被开来的一辆车拦住了去路,居然是秦渊夫妇。

黑色轿车上的人也被闻讯赶来的别墅区的保安控制住了,安姣然失声道:"是你!"

原来开车的人正是失踪了几天的小林。

救护车此时也及时赶到了。秦岑阳一心扑在受伤的陈天瑜身上,哪里还顾得上其他,对着还一脸疑惑的秦渊道:"我先送天瑜去医院,这里的事情要爸爸帮忙处理一下了。"

"我其实也不知道怎么回事,是姣然打电话过来,开始还以为是生我的气才做这些事,我现在也没弄明白是什么情况。"说话的人却是刚从屋子里走出来的安泠。

秦岑阳皱眉,觉得安泠说这话是有意撇清自己和这些事的关系。唉,不知道妹妹是怎么回事,今天发生的这些事情远超过了小孩子胡闹的范围。

秦岑阳不再管这些,跟着急救车离去。陈天瑜一直昏迷不醒,让他越发地自责自己没有保护好她。

别墅里。

"姣然你说,这是怎么回事?"秦渊严厉地看着她。

安姣然低着头想了一会儿才道:"我想帮哥哥验证下他的爱情靠不靠得住,也想验证下他到底更喜欢谁一些。"

秦渊简直哭笑不得,真想把这个外甥女的脑袋打开看看里面装的是不是糨糊。

"这些事情等天瑜醒了再说,不管你怎么想的,你都是在伤害她,所以明天去医院跟她道歉,没有商量的余地。"秦渊看看站在一旁的安泠欲言又止,转身就走。

安泠自始至终没有说一句话,脸上的表情让人看不懂什么意思,仿佛沧海一粟后的淡然。

秦渊本来对安泠是没有什么意见的,但妻子一直很不喜欢这个女孩子,今天见她出现在别墅里,心里也说不出来哪里有问题,可以断定的是这些事情肯定和她有关,这样想着,心里对安泠的不喜欢则增加了几分。

小林直接被警察带走了。

一行人离开的时候,安姣然已经疲惫不堪,大概是哭得太久了,眼睛已经肿得像个核桃，不知道是追悔自己的胡闹还是对劫后重生的后怕。

安泠冷眼旁观着这一切，似乎一切都与自己毫不相干。

安姣然哭了好一阵子，看她没有离开的意思才讽刺道："我肯这么做，不是为了替你遮掩什么，更不会跟我哥哥说出你的事。不过，从今天晚上开始，我不会再掺和我哥哥的事了，你最好也收手。"

安泠等的就是她的承诺，她是自己手上的利刃，用来穿破秦岑阳与任何女人的交往。

算了，只要她不说出以前的事，今后不帮也无所谓。

这样想着，安泠露出亲姐姐般温暖的笑，安慰了她一番才独自开车离开安家别墅。

第二日下午，医院病房里。

经过一夜的抢救，陈天瑜已经脱离了危险。陈清缘夫妇和秦渊夫妇都已经过来好几次了，看到她醒来才能放心。徐美美对一直守候着的秦岑阳道："既然天瑜没什么大碍了，你回去休息一下，我和她爸守着就行。"

秦岑阳摇摇头，表示不愿意离开，他要等她醒来第一眼就看到他在身边。

钟锦红了解儿子的性格，拉了陈家夫妇一起到外面等着，又安慰他们一番："你们放心好了，这里有岑阳守着，我们就先回去吧。"

一路上两亲家聊了许多，都是过来人，对待感情的问题显然都不会冲动，陈清缘夫妇虽然为女儿受伤的事而难过，却没有迁怒到秦岑阳身上。

晚上，钟锦红又独自来医院探望，这时陈天瑜已经醒了，趁着秦岑阳出去的空当,钟锦红握着她的手柔声道:"岑阳他以前年纪小,性情比较柔弱,所以在安家两个女孩面前一直都是被动的,安泠喜欢他他就和她亲近,后来不知什么原因两个人突然分手了,后来安泠去了柏林,岑阳也算是得到了解脱。姣然依赖岑阳我们都看得出来,只是谁也没有多想其他,才会出了昨天晚上的事情。"

陈天瑜只是安静地听着,并不想说太多昨天的所见所闻,唯一能确定的是安姣然肯定有精神分裂症。钟锦红还在讲着大道理,她几不可察地皱了下眉头,实在太累了,真想继续睡下去。

"阿姨,撞人这件事情该怎么解决还是交给警察吧,其他的我也不想多管了。"

钟锦红看她厌厌的没有精神就不再说这些。这时候秦岑阳刚好回来,身后还跟着安泠和叶澜。

叶澜看到头上包扎结实的陈天瑜立刻心疼得眼泪都要掉下来了,一边唏嘘不已一边诅咒撞人者不得好报。

"我没事,你不要说这么多话了,听着就脑袋疼。"

"好好好,我慢慢说,你不要着急。"

陈天瑜本来是极有涵养的,此时却也无心力应付。

安泠倒是话少,跟钟锦红打过招呼后又关心了一番陈天瑜的伤势,便一直安静地倾听大家谈话。

医生过来换药的时候提醒病人需要休息,大家才歉然离去。叶澜本想多逗留一会儿,看到安泠离开又忍不住追了出去。

"安小姐,请等一下,我有话对你说。"叶澜从身后唤道。

安泠止步回望,两个人是一起进的医院,虽然进同一个病房时微微诧异过,但看着眼生便没做他想。

"你是?"

"我是陈天瑜的闺密,叫我叶澜就行。"

"叶小姐有什么事吗？"

叶澜抱臂走到她的面前上下打量一番才道："柏林的华人圈子里最负盛名的女人就是安泠小姐了，我也曾远远地围观过您，今天能这么近距离碰到，真是让我惊艳啊。"

安泠面色微冷，似乎不想和叶澜继续交谈了，便道："不好意思，我在德国时并没有见过叶小姐，我还有些事，先走了。"

就在安泠要转身走人的时候，叶澜先一步上前拦住她的去路，按住她的肩膀低声细语道："安小姐，听说您在德国混的那个圈挺乱的，您还是早点退圈保平安吧。至于我对您的善意提醒，我就是希望您离天瑜和秦岑阳远一点，有多远滚多远，不然我可把您那点事都在南京城里抖一遍。"

安泠大惊失色地看着叶澜，她不相信眼前的女人会对她的底细了解得如此清楚。

"不相信呀？"叶澜笑道，"那我跟你说个名字吧，卢卡，那个大眼睛的男人。"

安泠往后退了一步，脸色苍白，双手捂住嘴。叶澜继续往下说："所以，远离他们，不然我可不会像天瑜那么慈悲，一出手可是非要见血才行。"

安泠不想听她说下去，疯子似的猛地推开叶澜，跌跌撞撞地跑了出去。

叶澜差点摔倒了，看到安泠狼狈的背影，不由得露出得意的笑脸来。

接下来的几日，每天都有很多人来医院探望，陈天瑜每次觉得疲惫不想应对时就装作睡着，由着秦岑阳去处理。

陈天瑜除了头部受伤还有右腿骨折，躺久了会十分乏累，秦岑阳便想尽办法逗她开心，这是让陈天瑜感到最欣慰的地方，两个人的心又贴近了一万分。

陈清缘夫妇看着他们两个如此恩爱，内心里也替女儿高兴。

小林的案子还在审理中，其间让秦岑阳和陈天瑜去了一次警察局。陈天瑜提出想见一下小林被拒绝，要等到结案才可以见，此外有什么事情可以让她的律师转达。

秦岑阳便决定去见一下小林的律师。陈天瑜没有让他去，说此事没什么值得追究的。

第四十九章

一个月后,陈天瑜正式出院。因为她身体还很虚弱,陈清缘夫妇不放心,又请了护工在家照顾她,秦岑阳下班就往家里赶,日子过得倒也不算无聊。

崇爱的事情大部分由白露在处理,这次创伤后生意略显萧索,病人少了许多。

白露带着歉意向陈天瑜汇报了最近的状况,陈天瑜倒是淡然,反而安慰了一番白露,让她不要这么紧张。

关于安泠的事情她已经听叶澜讲过了。叶澜倒是无聊,竟真的收集了很多安泠在德国混的那个圈的视频和照片,这些原本是私下交流的东西一旦摆在太阳底下曝光,是足以摧毁安泠所构建出来的完美外在形象的。

陈天瑜嘱咐叶澜不要让别人知道这些,至于安泠,她忌惮于此,必然不敢再兴风作浪了。

安姣然是安泠的棋子,这是明眼人一眼就能看出来的,何况陈天瑜这样的心理医生呢?

秦渊已经找妹妹谈过,让她看好自己的女儿,不要被人带着误入歧途。秦蕙虽然不服气,但还是听了哥哥的话,对安姣然看管得比从前严厉了许多。

让陈天瑜觉得温暖的是,无论发生了什么,秦岑阳都始终陪在她身旁,相信她、支持着她。

入夜以后,从窗外吹来的风声,如近在耳边,让人不禁觉得惆怅无比,这便是10月末的秋色。两个人相拥却都醒着,陈天瑜从枕头上抬起头来,看着秦岑阳,眼泪不知不觉地涌出。秦岑阳见状一惊,将身子探过,看她不胜凄楚之状,怜惜道:"对不起,都是我的错,让你难过了。"

"有点冷,所以眼睛不舒服。"

秦岑阳把她抱得更紧一些,低声道:"我们结婚吧。"

"嗯?"陈天瑜开始以为自己听错了,瞪着眼睛看向他,"你说什么?"

秦岑阳又温柔地重复了一遍:"我们结婚吧,等明天我就去和叔叔阿姨说这件事,让他们把女儿嫁给我。"

"秦叔叔他们会同意吗?"陈天瑜对于突如其来的求婚有点不敢相信自己的耳朵。

"他们当然会愿意,我只担心自己不够好,你会不愿意。"

"我愿意呀。"

这一番刨肝问心的谈话,好似一把剪刀,将所有没有头绪的事情都统统剪成碎片,被风一吹就散了。

第二日醒来,两个人比以前更深刻地体会到了彼此相爱的心意。

秦岑阳先去报社告了假,又回家跟父母说了想要结婚的想法,得到了父母的鼎力支持。尤其是钟锦红,对陈天瑜十分喜爱,本来还担心会不会因为安家的两个女孩子让她对自己儿子有什么误会,没想到早上就收到如此让人振奋的好消息："别的事情我就不掺和了，装修新房子的事到时候我可以帮忙盯着，所有东西我都要用最好的！"

"明天约上你陈叔叔他们，我们就把这件事定下来吧。"秦渊道。

秦岑阳点头同意，又跟父母聊了一会儿才回到崇爱找陈天瑜商量接下来的事情。

下午的阳光斜斜地洒在陈天瑜的办公室里。

"应该先有个订婚仪式，然后去登记，等房子装修好了就可以举行婚礼了。"秦岑阳坐在对面满怀憧憬地说着。

"好啊，听你的。"陈天瑜一边处理手上的工作一边回道。

"你都没有意见？"秦岑阳不满地问道。

"我想要一个好看的戒指。"陈天瑜用手托着下巴仔细想了想回答道。

"还有呢？"

"哦，对了，伴娘是叶澜，其他的我觉得你做得让我很满意。"

"真好伺候啊。"秦岑阳想到在新闻上经常看到因为彩礼问题吵得不欢而散的情侣，而自己的女朋友却是什么都懒得操心，万事好好好，真不知道是她心大还是太懒。

订婚的日子选在十一月初六，订的酒店是宋书昀母亲的春森大酒店，请帖是秦岑阳亲自设计的，这段时间他沉迷于安排订婚到结婚的每个细节，乐此不疲。

订婚前夕，安泠约了陈天瑜一起游秦淮河。叶澜知道后本想直接跟来，被陈天瑜拒绝了。那天的天气很好，秦淮河的夜空繁星如水。陈天瑜犹记得那天的安泠穿着蓝色的长裙，宛如不染一尘的仙子，却说着最风尘仆仆的话："陈小姐，你比我想的要深沉得多。"

陈天瑜始终含笑看着她,竟是别有风度,直到安泠把能想出的各种明嘲暗讽的话说完了,她才四两拨千斤地说道:"所以你们才会分手吧,你眼里只看得到他身上的尘埃,而我却能读懂他的心意。"

安泠惊得一句话也说不出来,就那样呆呆地看着眼前的女子,心情复杂极了,是惭愧,是不甘,是嫉妒,也是佩服。

陈天瑜始终没有提起关于她在德国的事情,叶澜说的那些,如果用来威胁人,自己和她又有什么区别呢?

当画舫游回岸边的时候,安泠率先上了岸,一抬头,只见清冷的月色正照着熙熙攘攘的人群,不由得加快了脚步,没回头看陈天瑜一眼。

陈天瑜知道,她不会再出现在她和秦岑阳的生活里了。

第五十章

收到秦岑阳的订婚请柬时,宋书昀和江云靖都吓了一跳,竟比他们的订婚日子还早了半个月。

宋书昀倚着衣橱挑选那天要穿的衣服,忽然柔声地说道:"我们和他们都会幸福的对不对?"

江云靖望着她点点头说:"对,我们和他们都会幸福的。"

这段日子,宋书昀对以前的记忆越来越模糊,对好多事情都没有印象,有时会突然问江云靖:"你已经爱我很久了吗?"

"很久,久到我都忘了从什么时候开始的了。"

每次听到这个答案,她都莞尔一笑道:"我也是,我刚才想要忆起我们什么时候开始相爱的,竟然想不起来了。"

冬日终于来临了。订婚的那一日,天气晴好,人们却还是因为穿的单薄而感到手臂冰凉。秦陈两家在南京的亲朋好友几乎都到场了,大家才恍然大悟,这一对璧人竟都是含着金汤匙出生的。

报社的同事在起哄,让天天自命诗人的秦岑阳一边朗诵自己写的情书一边向未婚妻求爱,陈天瑜因为害羞脸颊绯红,被众人推到秦岑阳面前。

她想，我们需要的爱情就是，有一个人让你在寒冷的冬天也可以笑得春风得意。

　　远处站着的安姣然望着这里的一切，眼睛里不起一丝波澜："到底只是哥哥而已。"她不喜欢陈天瑜，即使她还救过自己的性命，不只是因为她抢走了哥哥，也因为她面对自己对她做的那些事后，还可以这么坦然自若地去爱。

　　安姣然转身走的时候，背影恰好落在陈天瑜的眼睛里，也许余生她们还会纠缠不清。但陈天瑜想，这没什么的，就算安家的两个女孩子都来和她作对，她也不害怕，因为从遇见秦岑阳开始，她才发现自己不是天上那个大大的太阳，而是一株向日葵，可以无条件向日倾的葵花。

后 记

  待我写完这个故事,我又回头看了一遍,人生的许多事早已被古人说尽:还似旧时游上苑,车如流水马如龙。花月正春风!

  我们都是碌碌俗世的无为俗人,一边小心过着自己的小日子,一边留神心底里某一处净土不被沾惹。

  这本小说来源于闺密讲的一个真实故事,这个故事对我的触动很大,原来在我们身边真的还有人可以为了爱情不顾一切。

  像一杯不忍割舍的酒,在心底酝酿得久了,就忍不住有了要写下来的冲动。所以当程沙柳先生问我想写什么样的故事时,我毫不犹豫地选择了它。

  程先生是我遇见的最好的出版人,耐心而又专注,和他相处是一件很温暖的事情。从大纲的修改到每一处细节的提醒,他都不会不耐烦,甚至还会担心你有心理负担。记得有一次审稿过程中他为了让我了解到自己的一些瑕疵,特意打印出来,用笔圈点出每句话的问题所在。看到他如此认真负责的态度,让我很是惭愧,而他在说完缺点后适时地进行鼓励,这是最让人感动的地方。

  我对于细节的把握总是欠缺精准和磨炼,这点无论是在生活还是写作中都有体现。比如我想要搭配衣服时总难以穿出心中想象无数次的效果。同理，对于写作我也有这样的无奈。每逢开始便以为笔下会盛开一朵华丽的牡丹，岂知到了最后竟是长成了一朵小雏菊，我看着它皱巴巴的面容既无奈又怜惜，到底是用心血浇灌出来的。

　　好在性格还算乐观，总是在发现作品不足时能够默默地对自己说一句：不要紧，下一个会更好。

　　今年的夏天虽然比往年更热了一些，但荷花也比往年开得更好了。约闺密一起出去划船的时候，聊天时又提到了当日她讲的那个故事。我询问那个女孩最后过得如何。

　　闺密说不知道，嫁去了很远的地方。

　　我唯愿她能像我笔下的宋书昀一样，经历那么多事情后，可以忘了痛苦重新开始，找到爱自己如生命的男子，过柴米油盐的寻常日子。

　　也希望天下的父母和子女能够像好朋友一样彼此理解尊重，倘若因为子女恋爱的事情以致争论不休，大动干戈，把跨凤乘鸾的美事，做了鼠牙雀角的讼端，便得不偿失了。

　　其实，比起温柔的书昀我更喜欢陈天瑜一些，她的聪明大方，她的坚韧不拔，她的宽容大度，都是我心中最好的品质，不知道读完这个故事后你会喜欢哪一个？

郁小词
2017 年 9 月 25 日

图书在版编目（CIP）数据

爱如葵花向日倾 / 郁小词著 . —北京：人民日报出版社，2017.9
ISBN 978-7-5115-4981-5

Ⅰ. ①爱… Ⅱ. ①郁… Ⅲ. ①长篇小说－中国－当代
Ⅳ. ① I247.5

中国版本图书馆 CIP 数据核字（2017）第 240635 号

书　　名：	爱如葵花向日倾
作　　者：	郁小词
出 版 人：	董　伟
责任编辑：	程文静
封面设计：	繁体字设计工作室
出版发行：	人民日报出版社
社　　址：	北京金台西路 2 号
邮政编码：	100733
发行热线：	（010）65369509　65369527　65369846　65363528
邮购热线：	（010）65369530　65363527
编辑热线：	（010）65363530
网　　址：	www.peopledailypress.com
经　　销：	新华书店
印　　刷：	北京鑫瑞兴印刷有限公司
开　　本：	880mm×1230mm　1/32
字　　数：	150 千字
印　　张：	7
印　　次：	2017 年 12 月第 1 版　2017 年 12 月第 1 次印刷
书　　号：	ISBN 978-7-5115-4981-5
定　　价：	36.80 元